Ossos do Inverno

Daniel Woodrell

Ossos do Inverno

---◆---

Tradução
Juliana Lemos

martins fontes
selo martins

© 2011 Martins Editora Livraria Ltda., São Paulo, para a presente edição.
© 2006 Daniel Wodrell.
Reading Group Guide © 2007 Daniel Woodrell and Little, Brown and Company.
Esta obra foi originalmente publicada em inglês sob o título
Winter's Bone por Daniel Woodrell.

Publisher *Evandro Mendonça Martins Fontes*
Coordenação editorial *Vanessa Faleck*
Produção editorial *Danielle Benfica*
Preparação *Beatriz Nunes*
Revisão *Paula Passarelli*
Denise R. Camargo
José Muniz Jr.

Dados Internacionais de Catalogação na Publicação (CIP)
(Câmara Brasileira do Livro, SP, Brasil)

Woodrell, Daniel
  Ossos do inverno / Daniel Woodrell ; tradução Juliana Lemos. –
São Paulo : Martins fontes – selo Martins, 2011.

  Título original: Winter's bone.
  ISBN 978-85-8063-032-9

  1. Ficção norte-americana I. Título.

11-10437   CDD-813

Índices para catálogo sistemático:
  1. Ficção : Literatura norte-americana   813

Todos os direitos desta edição reservados à
Martins Editora Livraria Ltda.
Av. Dr. Arnaldo, 2076
01255-000 São Paulo SP Brasil
Tel.: (11) 3116.0000
info@martinseditora.com.br
www.martinsmartinsfontes.com.br

*Para Ellen Levine, que recuperou
sua coragem, e para Katie.*

Para cobrir de verde casas e pedras – para que o céu faça sentido – é preciso empurrar as negras raízes de volta para a escuridão.

Cesare Pavese

―◇―

Pela manhã, Ree Dolly estava de pé nos degraus da porta de casa. Farejou o cheiro da neve no vento e viu carne. Carne pendurada nas árvores do outro lado do riacho. As carcaças estavam amarradas nos galhos baixos das árvores mais baixas, na lateral dos quintais, carne pálida com um brilho gorduroso. Do lado mais distante do riacho, três casas tronchas e emaciadas formavam uma fileira que ia descendo. Cada uma delas tinha dois ou mais torsos esfolados balançando, presos aos galhos recurvos: carne de veado deixada ao relento durante três dias e duas noites, para que os primeiros sinais de decomposição pudessem espalhar o sabor, suavizar a carne até o talo.

O horizonte estava tomado por nuvens que traziam neve e escureciam o vale; o vento cortante fazia a carne girar nos galhos que balançavam. Ree, morena, dezesseis anos, pele alva feito leite e os olhos de um verde profundo, estava, com os braços nus, de pé em seu vestido amarelado que esvoaçava, o rosto exposto ao vento, as bochechas ficando vermelhas como se levassem tapas. De botas militares, altiva, mirrada na área da cintura, mas com braços e ombros torneados, um corpo feito para ir atrás do necessário. Sentiu o cheiro de gelo molhado das nuvens que se avolumavam, pensou na cozinha escura e na despensa vazia, olhou para a pilha escassa de lenha, sentiu um arrepio. Aquele tempo significava que a roupa pendurada do lado de fora ficaria congelada feito pedra, então ela teria de esticar uma corda na cozinha, por cima do fogão a lenha, e a pouca lenha cortada para o forno não daria para secar muita coisa, exceto as calcinhas da Mãe e talvez umas camisetas dos meninos. Ree sabia que não tinha gás para a serra elétrica, então ela teria de usar o machado enquanto o inverno soprava sobre o vale e caía ao seu redor.

Jessup, seu pai, não tinha deixado muita lenha nem cortado a madeira que restava para o fogão antes de cruzar o quintal em declive até seu Capri azul e ir embora pela estradinha de terra. Não tinha deixado comida nem dinheiro, mas prometeu que voltaria assim que pudesse, trazendo um saco de papel cheio de notas verdes e um porta-malas cheio de delícias. Jessup era um homem dissimulado, com um rosto arrebentado, dado a dizer promessas rápidas e suplicantes que tornavam mais fácil sair de casa e sumir ou voltar e ser perdoado.

As nogueiras ainda davam frutos quando Ree o viu pela última vez. De noite, as nozes caíam com uma pancada surda no chão, parecendo os passos lentos de algo enorme que nunca ficava completamente visível, e Jessup ficava andando pra lá e pra cá na varanda da frente, preocupado, encurvado, fungando pelo nariz amassado, o queixo comprido obscurecido pela barba, os olhos desconfiados, levando um susto a cada noz que caía. Andou pra lá e pra cá até decidir o que fazer, e então finalmente desceu os degraus e foi entrando rápido na escuridão da noite antes que mudasse de ideia. E disse: "Só vem atrás de mim quando você vir a minha cara. Do contrário, nem precisa".

Ela ouviu a porta ranger atrás de si, e Harold, oito anos de idade, magro e moreno, trajando ceroulas claras, ficou ali parado, segurando a maçaneta, passando o peso do corpo de um pé para o outro. Ergueu o queixo e fez um gesto na direção da carne, do outro lado do riacho.

– Quem sabe hoje o Blond Milton não traz carne pra gente.

– Pode ser.

– É o que gente da família faz, não é?

– É o que dizem.

– Ou então a gente podia pedir.

Ela olhou para Harold e seu sorriso bobo, seus cabelos pretos ao vento, e aí agarrou a orelha dele e torceu até ele abrir a boca e erguer a mão para bater na mão dela. Ela torceu a orelha até ele se curvar de dor e parar de bater.

– *Nunca*. Nunca peça nada que deve ser oferecido.

– Eu tô com frio – disse ele, esfregando a orelha que ardia.

– Só tem papa de milho pra comer?

– É só colocar mais manteiga. Ainda tem um naco.

Ele segurou a porta para ela e os dois entraram em casa.

– Não, não tem.

A Mãe estava sentada em sua cadeira, ao lado do fogão a lenha, e os meninos estavam à mesa, comendo o que Ree dava para eles comerem. Os remédios que a Mãe tomava de manhã a transformavam num gatinho, numa coisa que ficava aninhada respirando perto do calor, fazendo ruídos de vez em quando. A cadeira da Mãe era uma cadeira de balanço velha e acolchoada que quase nunca balançava, e em momentos estranhos ela fazia hum-hum-hum, pedacinhos de músicas diferentes, notas desconexas em termos de melodia ou tom. Mas durante grande parte do dia ela ficava parada, em silêncio, com um sorrisinho constante nos lábios, gerado pelo pensamento vagamente agradável que pairava em sua mente. Ela era uma Bromont, nascida naquela casa mesmo, e já tinha sido bonita. Mesmo agora, medicada, perdida no presente, deixando de lavar ou escovar o cabelo e com rugas profundas tomando o rosto, dava para ver que ela fora atraente como toda moça que já tenha dançado descalça na vegetação retorcida daquelas partes dos vales e montes Ozarks. Alta, morena e bela ela fora na época antes de sua mente se desfazer em pedaços que se espalharam e foram por ela esquecidos.

– Terminem de comer. Daqui a pouco o ônibus chega.

A casa tinha sido construída em 1914, com pé-direito alto, e a única luz no teto fazia sombras melancólicas por trás de tudo. Sombras distorcidas projetavam-se no chão e nas paredes, esticavam-se nas quinas. A casa era fresca nas partes iluminadas e fria nas sombras. As janelas eram altas, e do lado de fora dos vidros o plástico rasgado do inverno anterior se debatia ao vento. Os móveis eram da época em que a Vó e o Vô Bromont ainda eram vivos e estavam ali desde que a Mãe era pequena. O estofado cheio de calombos e o tecido gasto ainda tinham o cheiro do cachimbo do Vô e dez mil dias de poeira.

Ree estava perto da pia enxaguando os pratos, olhando pela janela para a descida íngreme da fileira de árvores nuas, as saliências rochosas que avultavam e uma trilha de lama. Um vento de tempestade balançava galhos e entrava assobiando pela janela, uivando pela chaminé do forno. O céu, triste e tempestuoso, descia baixo sobre o vale, prestes a estourar e nevar.

– Esta meia tá fedida – disse Sonny.

– Anda, põe logo. Você vai perder o ônibus.

– A minha também tá – disse Harold.

– Vocês podem *pelamordedeus* colocar logo essa porra de meia? Por favor? Hein?

A diferença de idade entre Sonny e Harold era de um ano e seis meses. Quase sempre vagavam por aí juntos, correndo um ao lado do outro, de repente virando pra lá ou se esquivando pra cá, no mesmo instante, sem dizer palavra, movimentando-se num uníssono estranhamente instintivo, feito aspas saltitantes. Sonny, o mais velho, dez anos, era filho de um bruto: forte, hostil, direto. Tinha cabelos da cor de folha de carvalho seca, punhos jovens, duros e nodosos, e vivia brigando na escola. Harold vivia atrás de Sonny e tentava imitar o irmão, mas não era tão forte e nem tinha o mesmo espírito vingativo: muitas vezes voltava para casa precisando de cuidados, humilhado, com dores e hematomas.

– Não tão fedendo tanto assim, Ree – disse Harold.

– Tão sim. Mas não tem problema. Vão ficar dentro da bota – respondeu Sonny.

O maior desejo de Ree era que aqueles meninos não ficassem apáticos para a vida já aos doze anos de idade, sem nenhuma bondade, fervendo de raiva. Tantos meninos do clã Dolly eram assim, estragados antes mesmo de criarem barba, criados para viver fora da lei, para obedecer aos desumanos mandamentos cheios de sangue que governavam a vida dos que não obedeciam à lei. Morando num raio de cinquenta quilômetros daquele vale, havia duzentos Dollys, e mais os Lockrums, Boshells, Tankerslys e Langans, que eram basicamente Dollys via casamento. Alguns tinham vidas corretas, muitos não, mas mesmo os Dollys honestos eram Dollys lá no fundo, e sempre vinham em socorro da família. Os Dollys mais duros tinham sangue quente e desconfiavam dos outros, mas eram o próprio diabo encarnado com os inimigos, desprezavam as leis da cidade e o modo de vida da gente de lá, preferindo suas próprias leis, seu próprio jeito. Às vezes, quando Ree dava mingau de aveia no jantar para Sonny e Harold, eles choravam, ficavam sentados tomando colheradas do mingau mas pedindo carne, comendo o que tinha enquanto choravam pelo que não tinham, pequenos ciclones de vontade e desejo que choramingavam, e ela temia por eles.

– Vão logo – disse ela. – Peguem as pastas da escola e vão pegar o ônibus. E coloquem o gorro.

A neve caiu primeiro em pedacinhos duros, pedacinhos brancos e congelados que fustigavam de lado o rosto de Ree quando ela levantava o machado, dava um golpe e o erguia novamente, partindo a madeira e sendo aguilhoada pelo frio que o céu arremessava. Pedaços de gelo se embrenhavam em sua gola e derretiam contra seu peito. O cabelo de Ree era volumoso e ia até o ombro, cachos largos e teimosos das têmporas ao pescoço, uma massa embaraçada entremeada por pontinhos de neve. O casaco de frio era de um preto implacável; havia pertencido a sua Vó e era feito de uma lã velha e feia, castigada por décadas de invernos uivantes e traças de verão. O casaco sem botões ia além dos joelhos, abaixo do vestido, mas se abria e não limitava os movimentos que Ree fazia com o machado. Seus golpes eram experientes, poderosos, pancadas curtas e potentes. Lascas voavam, a madeira se partia, a pilha crescia. O nariz de Ree escorria e o sangue lhe subia à face e deixava suas bochechas rosadas. Ela apertou a parte alta do nariz com dois dedos, assoou no chão, passou a manga no rosto e ergueu o machado mais uma vez.

Assim que a pilha de madeira ficou grande o suficiente para que servisse de banco, ela se sentou. Sentou-se com as pernas compridas encolhidas embaixo de si, os pés envoltos em botas afastados; tirou os fones do bolso, colocou-os nas orelhas e pôs-se a ouvir *Sons de Praias Tranquilas*. Aumentou o volume do som das ondas enquanto flocos gelados caíam em seus cabelos e ombros. Diversas vezes Ree precisava se dar uma injeção de sons agradáveis, apunhalar com aqueles sons o caos constante que berrava e guinchava em sua alma, o caos gerado pelo dia a dia, enfiar sons reconfortantes naquela barulheira, bem no fundo, onde sua alma inquieta andava pra lá e pra cá sobre um pedaço de concreto num quarto cinzento, agitada, infinitamente irritada, mas sedenta por ouvir algo que pudesse acalmá-la mesmo que fosse por um instante. As fitas foram um presente dado à Mãe, que já tinha ouvido muitos sons confusos na vida e não havia se interessado por aqueles, mas Ree ouviu e sentiu que um nó se desfazia. Ela também gostava de *Sons de Riachos Tranquilos*, *Sons da Aurora Tropical* e *O Anoitecer nos Alpes*.

À medida que os pedacinhos de gelo foram diminuindo, o vento foi ficando mais calmo e grandes flocos de neve começaram a cair do modo mais sereno possível com que algo cai do céu. Ree escutava as ondas batendo nas praias distantes enquanto a neve se acumulava ao seu redor. Continuou sentada, imóvel, deixando a neve desenhar seu contorno contra a brancura cada vez mais limpa. Parecia crepúsculo no vale, mas não era nem meio-dia ainda. As três casas do outro lado do riacho vestiram seus xales brancos e as chamas piscavam douradas pelas janelas. A carne ainda estava pendurada em galhos nos quintais e a neve começou a grudar neles e na carne. Ondas continuavam a suspirar na praia enquanto a neve se acumulava em todo o seu campo de visão.

A luz dos faróis apareceu no vale, na estrada de terra. Ree sentiu uma esperança súbita e ficou de pé. O carro só podia estar indo para lá, era ali que a estrada terminava. Deixou os fones ao redor do pescoço e desceu escorregando até a estrada. Suas botas deixavam marcas compridas na neve e perto da estrada ela caiu de bunda no chão, então ficou de joelhos e viu que era a polícia, o carro do xerife. Duas cabecinhas no banco de trás olhavam pela janela.

Ree ajoelhou-se debaixo das nogueiras nuas, observando enquanto o carro deixava marcas compridas na neve recém-caída e parava perto dela. Ela se pôs de pé e contornou rápido a parte da frente do carro até o lado do motorista, com passos largos, firmes, com raiva. Quando a porta se abriu, ela se inclinou e disse:

– Eles não fizeram nada! Não fizeram absolutamente nada! O que você tá tramando?

Uma das portas de trás se abriu e os meninos saíram rindo até perceberem o tom de voz de Ree e a expressão em sua face. A alegria sumiu de seus rostos e eles ficaram em silêncio. O xerife saiu do carro, ergueu as mãos com as palmas viradas para ela e balançou a cabeça.

– Pera lá, moça. O ônibus parou e eu trouxe eles até aqui. A escola tá fechada por causa da neve. Só dei carona, só isso.

Ela sentiu as bochechas e o pescoço quentes, mas voltou-se para os meninos com as mãos na cintura.

— Vocês não precisam pegar carona com a polícia. Entenderam? Dá pra vir andando, não é longe — disse. Olhou de relance para o outro lado do rio, viu cortinas se abrindo, vultos se mexendo. Apontou para a pilha de lenha em cima do declive. — Agora subam ali e levem a madeira pra cozinha. Andem.

— Eu já tava vindo pra cá de qualquer maneira — disse o xerife.

— E tava vindo pra cá por quê, posso saber?

Ree sabia que o nome do xerife era Baskin. Era baixinho, mas forte, tinha fama de policial com quem não se brinca, a não ser que fosse mesmo necessário, rápido no gatilho e ainda mais rápido pra bater. Esses policiais do interior atendiam aos chamados sozinhos, o reforço policial chegava depois de uma hora ou mais; portanto, para eles as frescuras das normas e dos regulamentos não ficavam em primeiro lugar na lista de prioridades. Nem em segundo, aliás. A mulher de Baskin era uma Tankersly oriunda de Haslam Springs, e a Mãe tinha sido colega de escola dela desde o primeiro ano, e continuou sendo amiga dela até as duas se casarem. Baskin tinha prendido Jessup na porta de casa no fim do verão anterior.

— Me convida pra entrar — disse ele, tirando neve dos ombros. — Preciso falar com a sua mãe.

— Ela não tá com cabeça pra isso.

— Me convida ou então eu entro sozinho. O que você achar melhor.

– Vai ser assim então?

– Olha, eu não dirigi quase duas horas numa estrada ruim só pra ver o seu sorriso, menina. Tenho meus motivos. Me convida ou entra comigo. Tá frio demais aqui fora.

Ele começou a ir na direção da varanda e Ree se adiantou e ficou à frente dele, na porta.

– Bate o pé. Senão você vai deixar o meu chão todo molhado.

Baskin foi parando e ficou de cabeça baixa durante um instante, feito um touro pensativo, e então fez sim com a cabeça e bateu a neve dos pés de um jeito exagerado. Bateu até as tábuas da varanda balançarem, a neve cair da balaustrada, o som ecoando pelo vale.

– Assim tá bom?

Ela encolheu os ombros, mas segurou a porta para ele. Fechou-a com força assim que ele entrou. Havia roupas penduradas em três cordões que cruzavam a cozinha, camisas na altura dos olhos, vestidos e calças um pouco mais abaixo. Os pingos formavam poças embaixo dos tecidos mais grossos e a água escorria em fios pelo declive do chão até a parede. Era mais fácil andar pelas partes onde as roupas íntimas e meias davam mais espaço. A Mãe estava sentada na cadeira perto do forno, cantarolando distraída até ver Baskin encurvado sob suas calcinhas molhadas.

– *Não na casa do papai!* – disse ela, dando um largo sorriso, como se fosse pega de surpresa pela travessura de alguém idiota, mas agradável. Começou a balançar na cadeira de balanço, riu e ficou de olhos quase fechados. – Hã, hã! Hã, hã! Não, senhor! – Fez biquinho, balançou a cabeça e de repente ficou melancólica de novo. – Você não pode prender uma moça *na casa do próprio pai dela*. – Não olhou para Baskin, mas abaixou a cabeça e encolheu as pernas de encontro ao peito, uma pose de dócil oferenda, de penitência atormentada. – Já vi isso escrito. Em algum lugar. Que não pode fazer nada na casa do papai.

Ree observou as reações no semblante de Baskin: breve surpresa, depois confusão, tristeza, resignação, pena. Ela esperou até que ele desse as costas à Mãe, desconcertado, movimentando os lábios sem fazer som. E finalmente lhe disse:

– Me diz logo.

Os meninos entraram pelos fundos, as bochechas vermelhas de frio, os cabelos úmidos, e atiraram braçadas de lenha no chão, ao lado do forno. Algumas das toras tinham neve e molharam um pouco mais o chão. Os meninos saíram para pegar mais e Baskin fez um gesto de cabeça na direção deles, dizendo:

– Melhor a gente conversar lá fora.

– Tão ruim assim?

– Ainda não. Não sei ao certo. Mas nunca dá pra saber.

A varanda estava cercada pelo véu trêmulo da neve que caía. Ree e Baskin ficaram ali parados, em silêncio durante algum tempo, desconcertados, o vapor branco da respiração de ambos subindo em direção aos flocos. Os Dollys do outro lado do riacho estavam perto das árvores que tinham carne, com facões nas mãos, cortando as cordas e deixando a carne cair no chão. Várias vezes Blond Milton, Sonya e os outros paravam de cortar e olhavam na direção da varanda de Ree.

– Você sabe que Jessup tá sob fiança, não é?

– E daí?

– Você sabe que ele faz *crank*[1], não sabe?

– Sei que essa é a sua acusação contra ele. Mas você ainda não provou.

– Nossa, o Jessup é praticamente o maior chefão do *crank* que os Dollys já tiveram, menina. Ele é quase famoso por causa disso. Foi por isso que ele passou aquele tempo na cadeia, aliás. *Daquela* vez deu pra provar direitinho.

– Isso foi daquela vez. Mas você precisa provar *toda* vez.

– Isso não vai ser difícil. Mas não foi por isso que eu vim aqui. Eu vim aqui porque o dia de ele se apresentar no tribunal é na semana que vem e eu não consigo achar ele.

– Pode ser que ele vê você procurando ele e se esconde.

– Talvez. Pode ser. Mas o que vocês têm a ver com isso é que ele colocou esta casa aqui e aquele seu terreno das árvores ali como parte da fiança.

– Ele o *quê*?

– Entregou tudo na fiança. Você não sabia? O Jessup entregou tudo. Se ele não aparecer no julgamento, vocês perdem esta casa. Ela vai acabar sendo vendida. Vocês vão ter que sair daqui. Vocês têm pra onde ir?

Ree quase caiu, mas não ia deixar isso acontecer na frente da polícia. Ouviu um som de trovoada na cabeça, o som de

---

1. Metanfetamina em pó. (N. E.)

Satanás arranhando um violino. Os meninos, ela e a Mãe virariam cachorros do mato sem aquela casa. Cachorros do mato com Satanás tocando seu violino ao fundo, e os meninos agora iriam com tudo na direção da maldade e do fogo do diabo e ela ficaria presa com eles até ouvir as portas de ferro se fechando e as chamas do fogo subindo. Ela nunca realizaria o plano de deixar a família e ir pro Exército, onde dava para viajar com armas, onde todo mundo ajudava a deixar tudo limpinho. Nunca ia ter só suas próprias preocupações na cabeça. Nunca ia ter só seus próprios problemas.

Ree debruçou-se sobre a balaustrada, tirou o cabelo do rosto e deixou a neve cair-lhe no pescoço. Fechou os olhos, tentou relembrar os sons de um oceano calmo e distante, a vaga das ondas. E disse:

— Eu vou encontrar ele.

— Menina, eu já procurei, e...

— *Eu vou encontrar ele.*

Baskin esperou mais um pouco até outra palavra ser dita, e então balançou a cabeça e foi para os degraus da escada, virou-se para olhar para ela mais uma vez, encolheu os ombros e começou a descer. Os Dollys que arrastavam a carne pararam para encará-lo abertamente. Blond Milton, Sonya, Catfish Milton, Betsy e todos os outros. Acenou para eles, mas nenhum nem piscou em resposta.

Ele disse:

— Seria o ideal, menina. Vê se faz o teu pai entender a gravidade da situação.

Parou de nevar perto do anoitecer. A madeira da casa contraía e rangia no frio, e os dois meninos estavam roucos. Tossiam até fazer o peito saltar. Estavam com o nariz escorrendo, a voz rouca, ficando doentes. Ree colocou os dois para se sentarem nas almofadas do sofá perto do forno, debaixo das roupas penduradas, e jogou uma coberta em cima deles.

— Eu falei pra vocês dois colocarem o gorro, não falei? Não falei?

Os remédios que a Mãe tomava à noite não a deixavam tão perdida dentro de si quanto os da manhã. Ela não ficava tateando pateticamente em busca de conceitos que escapavam dela repetidas vezes: à noite os raciocínios se formavam e vinham parar em sua boca, e à medida que o sol ia sumindo ela podia até pronunciar algumas frases úteis, ou até mesmo ajudar um pouco na cozinha. E disse:

— Tem uísque escondido numa bota velha, no chão do meu armário. Tem mel em algum canto?

O uísque era de Jessup, ficava escondido dos meninos, e Ree foi lá pegá-lo na bota velha. Precisou ficar em cima de

uma cadeira para achar um pote de mel há muito esquecido numa prateleira alta. Dentro do pote havia uns dois dedos de mel cristalizado. Colocou uísque no mel e disse:
— Isso aqui dá?
— Põe mais um pouco. Mexe bem.
Ree mexeu com uma colher até os cristais se dissolverem no uísque, depois tirou um pouco e levou até a boca de Sonny.
— Engole. Tudinho.
Depois foi a vez de Harold e, assim que ele engoliu, alguém bateu à porta. Ree olhou para a Mãe, que se levantou da cadeira de balanço e foi arrastando os pés até seu quarto escuro, sem acender nenhuma luz. Ree foi ver quem era e abriu a porta deixando o pé atrás como obstáculo, caso precisasse de um.
— Ah. Oi, Sonya. Entra, entra.
Sonya trazia uma grande caixa de papelão e da borda despontava carne de cervo num osso comprido. Sonya era gorda, redonda, com cabelos grisalhos e óculos embaçados. Tinha quatro filhos já crescidos que tinham ido embora e um marido que ainda era bonito para muitas das moças daquelas montanhas e estava ciente disso, então ela nunca conseguia tirar aquele ar de desconfiança do rosto. Blond Milton tinha boa reputação entre os Dollys, e Ree sabia que alguns anos atrás ele e sua Mãe tinham passado algumas horas juntos, horas dolorosas que Sonya ainda não havia perdoado.
— Não queria que vocês pensassem que a gente esqueceu vocês — disse Sonya, colocando a caixa numa cadeira. Uniu as mãos e tentou ver o que havia nos cantos escuros da casa,

percebeu a bagunça. Torceu o nariz, com as sobrancelhas arqueadas. Havia um ar de sermão no modo como ela mantinha as mãos unidas contra o peito.

— Aqui tem carne pra vocês. Coisas enlatadas. Manteiga e coisas assim.

— Que bom.

— Como está a sua mãe?

— Não muito melhor.

As roupas continuavam penduradas, secas, e os meninos tossiram.

— Coitadinha. Vou pedir pro Milton da Betsy trazer madeira pra vocês. Parece que vocês estão com pouca. A gente viu que a polícia veio aqui falar com você hoje à tarde.

— Ele tá atrás do Pai. O Pai tem que aparecer no tribunal na semana que vem.

— Atrás do Jessup, é? — Sonya baixou os olhos por trás dos óculos e depois olhou para Ree. — E você sabe onde ele tá?

— Não.

— Não? Bom, então você não tinha nada pra dizer pra ele. Não é?

— E nem diria se tivesse.

— Ah, a gente sabe disso — disse Sonya. Ela foi até a porta, abriu, deixou entrar a noite fria e fez uma pausa. — Se o dia do Jessup aparecer no tribunal é só semana que vem, por que será que a polícia tava atrás dele *hoje*? Dá o que pensar.

Sonya não esperou uma resposta: saiu e puxou a porta, descendo rapidamente os degraus. Ree ficou olhando da janela até Sonya chegar à pontezinha estreita e atravessar para o outro lado do riacho. Pegou a caixa. Os braços deram-lhe a volta, os dedos entrelaçados. Um cheiro bom que há muito não aparecia na cozinha saía da caixa e se espalhava enquanto ela a carregava para o balcão. Sonny e Harold tossiam e fungavam, mas eles saíram rápido de debaixo da coberta e foram correndo ver a comida. Abriam sacolas, levantavam latas, o tempo todo dizendo, com voz rouca: "Uau, uau!".

Ree viu quatro dias naquela caixa. Quatro dias sem fome e sem se preocupar com a fome voltando no dia seguinte, talvez cinco. Disse:

— Vou fazer ensopado de cervo pro jantar. Que tal? Vocês dois precisam me ver fazendo. Tá? É sério. Peguem aquelas cadeiras ali, fiquem em cima e prestem bastante atenção. Fiquem olhando tudo o que eu vou fazer. Pra aprender. E aí vocês dois vão saber.

———————————— ♦ ————————————

Ela começaria pelo Tio Teardrop, embora sentisse medo dele. Ele morava descendo o rio, a quase cinco quilômetros dali, mas ela foi pela estrada de ferro. A neve cobria os trilhos, formando protuberâncias gêmeas que a guiavam. Ela seguia deixando seu próprio rastro na neve, percorrendo quilômetros pelo caminho. O céu daquela manhã estava cinza, fechado, o vento era forte e espirrava água em seus olhos. Ela trajava uma blusa verde, de mangas compridas, com capuz, e o casaco preto da Vó. Ree quase sempre usava vestido ou saia, mas com as botas de exército, e a saia de hoje tinha uma estampa xadrez azulada. Os joelhos escapavam da saia quando ela lançava as compridas pernas à frente e pisava com força a neve.

O mundo parecia estar encolhido, em total silêncio, e seus passos trituravam a neve, tão altos quanto golpes de machado. Quando ela passava fazendo ruído pelas casas ao longe, construídas sobre declives, podia ouvir os latidos distantes nas varandas, mas nenhum dos cães corria no frio para vir lhe mostrar os dentes. Fumaças saíam de todas as chaminés e logo se dissipavam na direção leste. Um rastro de gazela embaixo do suporte da ponte sobre um riacho e finas camadas de gelo ao redor das pedras nas partes rasas. No ponto onde o riacho bifurcava, ela abandonou os trilhos e subiu o morro com neve cada vez mais funda, ladeando uma velha cerca de pedras empilhadas, feita pelos pioneiros.

A casa do Tio Teardrop ficava atrás de um cume enorme, subindo um vale estreito. No começo a casa era pequena, mas quartos, janelas com jardineiras e outras ideias foram acrescentadas por outros residentes com martelos e madeira sobrando. Parecia que sempre havia paredes de pé sozinhas, meses a fio cobertas com plástico preto, à espera de mais paredes e um teto para completar um aposento. De todos os lados havia chaminés.

Três cachorros que eram uma mistura maluca de raças de caça viviam debaixo do enorme terraço treliçado da varanda. Ree os conhecia desde que eram filhotes e os chamou pelo nome quando chegou ao quintal e eles vieram para lhe cheirar as pernas e dar boas-vindas com o rabo. Latiram, pularam e lamberam Ree até Victoria abrir a porta da frente.

– Alguém morreu? – perguntou Victoria.

– Não que eu saiba.

– Você veio até aqui nesse tempo horrível só pra fazer uma visita, minha filha? Deve estar se sentindo muito sozinha, hein?

– Tô procurando o meu Pai. Preciso achar ele bem rápido.

Ree se sentia confusa e assustada pelo fato de que certas mulheres que não pareciam desesperadas ou loucas pudessem se sentir tão intensamente atraídas pelo Tio Teardrop. O homem era feio feito um pesadelo, mas já tinha tido várias mulheres bonitas. Victoria tinha sido a número três e agora ela voltava a ser a número cinco. Era uma mulher alta, de ossos protuberantes, mas bem fornida, com cabelos compridos e avermelhados que ela geralmente deixava presos num coque pesado e meio solto. No seu armário não havia calças ou jeans; ele vivia abarrotado de vestidos novos e velhos, e a maioria das coisas de Ree tinha sido dela. No inverno, Victoria gostava de ler livros de jardinagem e catálogos de sementes, e na plantação da primavera ela desprezava os tomates de jardim, preferindo as sementes internacionais exóticas que ela pedia pelo correio e adorava, que sempre tinham gosto de terras bonitas e distantes.

– Bom, então entra, menina. Tá muito frio. O Jessup não tá aqui, mas tem café quente – Victoria segurou a porta para Ree entrar. Ela tinha um cheiro maravilhoso de perto, como sempre, um cheiro que entrava no sangue feito droga e te deixava quase tonto. Estava bonita e cheirosa e Ree gostava mais dela do que de qualquer outra Dolly, com exceção da Mãe. – Acho que o Teardrop não acordou ainda, então a gente fala baixo até ele levantar.

Sentaram-se à mesa de jantar. Uma claraboia havia sido construída no teto e às vezes deixava vazar água de chuva dos cantos mais baixos, mas ajudava muito a clarear a sala. Ree podia ver a casa toda, da porta da frente até a porta dos funtos, e percebeu que havia uma arma comprida ao lado de ambas. Dentro de uma vasilha de nozes sobre o prato giratório central da mesa, uma pistola prateada e um pente de balas. Ao lado da pistola havia um saco grande de maconha e outro bem grande de *crank*.

— Ree, eu me esqueci: você gosta de café puro ou com creme?

— Com creme, se tiver.

— Ah, como não.

Debruçaram-se sobre a mesa e tomaram o café. O passarinho de um relógio de cuco apareceu e cantou nove vezes. Capas de discos de vinil alinhados no chão quase davam a volta na parede. Havia um aparelho de som de aparência sofisticada numa prateleira e também uma pilha de CDs com um metro de altura. A maioria dos móveis era de madeira, no estilo *country*. Um deles era uma enorme cadeira redonda e estofada com estrutura de madeira que se você se sentasse no meio era como se sentar no meio de uma flor. Um tecido das Arábias cor de lavanda, com estampa cheia de espirais, estava pendurado na parede para servir de decoração.

— A polícia foi lá em casa. Aquele Baskin. Ele disse que se o Pai não aparecer no tribunal na semana que vem a gente vai precisar sair lá de casa. O Pai entregou a casa como parte da fiança. Eles vão tirar a casa da gente. E o terreno de madeira de corte também. Victoria, eu preciso *muito, muito* ir atrás do Pai pra encontrar ele e fazer ele ir pro tribunal.

Tio Teardrop apareceu na porta do quarto se espreguiçando.

– É melhor você não fazer isso – disse ele. Usava uma camiseta branca e calça de moletom roxa, enfiada dentro das botas desamarradas. Tinha um pouco mais de um metro e oitenta de altura, mas tinha emagrecido e agora era um monte de músculos finos e partes ossudas, com uma barriga côncava. – Não vá atrás do Jessup. – Teardrop sentou-se à mesa. – Café – ordenou, batendo os dedos na mesa num som ritmado. – E me explica que merda é essa, afinal.

– Preciso achar o Pai e fazer ele aparecer no tribunal.

– Isso aí é escolha pessoal de um homem, menina. Não é coisa pra você ficar enfiando o seu narizinho. Se ele aparecer ou não, isso aí é pra quem vai pra cadeia decidir. Não você.

Tio Teardrop era o irmão mais velho de Jessup e vendia *crank* há mais tempo que ele, mas teve um laboratório que explodiu e destruiu sua orelha esquerda, deixando uma cicatriz derretida que lhe descia o pescoço até o meio das costas. Agora não restava orelha suficiente para pendurar óculos. O cabelo perto da orelha também tinha sumido, e dava para ver a cicatriz perto do pescoço por cima da gola. Do lado ferido do rosto, três lágrimas azuis feitas com tinta de cadeia saíam do canto do olho. Diziam que as lágrimas significavam três coisas horríveis que ele fez na prisão e que precisavam ser feitas, mas de que ninguém precisava ficar falando. Diziam que as lágrimas já contavam tudo o que se precisava saber sobre aquele homem e a orelha perdida só repetia a história. Ele geralmente tentava se sentar com o lado derretido virado para a parede.

— Ah, vai. Você sabe onde ele tá, não sabe? — insistiu Ree.
— E o paradeiro de um homem não é algo que você precisa saber também.
— Mas você...
— Eu não sei onde ele tá.

Teardrop encarou Ree com uma expressão de assunto encerrado e Victoria logo se pôs entre eles, perguntando:
— E como vai a sua mãe?

Ree tentou segurar o olhar, mas não conseguia parar de piscar. Era como ficar encarando de perto um ser enrodilhado e com presas, sem ter um pedaço de pau na mão.
— Não muito melhor.
— E os meninos?

Ree cedeu e acabou olhando para baixo, com medo, de ombros caídos.
— Um pouquinho enjoados, mas não tão doentes — respondeu. Olhou para baixo, para as mãos cerradas, e fincou as unhas nas palmas, enterrando-as com força, deixando meias-luas cor-de-rosa na pele leitosa, e então voltou o rosto para o Tio Teardrop e inclinou-se desesperada na direção dele. — Será que ele não tá com Little Arthur e aquele pessoal de novo? Você acha? Aquele povo de Hawkfall? Será que eu devia procurar por ele lá?

Teardrop ergueu a mão e fez que ia dar um tapa, mas desviou a poucos centímetros do rosto de Ree e bateu na vasilha de nozes. Enfiou os dedos por baixo da pistola prateada, farfalhando as nozes, e a ergueu do prato giratório. Ficou com a arma na mão espalmada, fazendo um movimento para cima e para baixo, como se estivesse julgando seu peso, suspirou e, então, percorreu suavemente o dedo pelo cano para limpar os grãos de sal.

– Nem você e nem ninguém deve *jamais* ir lá em Hawkfall perguntar coisas se ninguém se *oferecer* pra falar. É um bom jeito de acabar virando comida de porco, ou então querendo virar. Você não é uma dessas moças bestas da cidade. É mais inteligente que elas.

– Mas eles também são da família, não são?

– São, mas entre esse nosso lado do vale e Hawkfall o sangue já fica mais ralo. A gente é melhor do que gente de fora ou gente da cidade, mas não é a mesma coisa do que ser gente de lá mesmo, de Hawkfall.

Victoria disse:

– Você conhece as pessoas de lá, Teardrop. Você podia perguntar.

– Cala a boca.

– Eu só tô dizendo que ninguém de lá vai querer arranjar confusão com você. Se o Jessup estiver por lá, a Ree precisa falar com ele. Precisa muito.

– Eu já falei pra você calar a boca.

Ree sentiu-se desamparada, condenada a ficar presa num pântano de obrigações detestáveis. Não haveria solução, ajuda ou resposta rápidas. Sentiu vontade de chorar, mas resistiu. Podia levar uma surra com o ancinho de jardim sem chorar e já tinha provado isso duas vezes, antes de a Vó ver um anjo sério apontando para ela por entre as árvores ao anoitecer e parar de beber. Nunca choraria onde suas lágrimas pudessem ser vistas e usadas contra ela.

— Meu Deus do Céu, o Pai é o seu *único* irmão! O seu irmão caçula!

— E você acha que eu me esqueci?

Ele pegou o pente e o enfiou na pistola, depois o expeliu de novo e jogou pistola e pente de volta na tigela de nozes. Cerrou o punho da mão direita e a esfregou com a esquerda. Continuou:

— Jessup e eu fizemos coisas juntos durante uns quarenta anos, mas eu *não* sei por onde ele anda, e eu também não vou sair perguntando.

Ree sabia que não devia dizer mais nada, mas ia acabar falando mesmo assim, e foi aí que Victoria pegou sua mão e ficou segurando, apertando, e disse:

— *Quando* é mesmo que você me disse que já vai ter idade pra ir pro exército?

— No meu próximo aniversário.

— E aí você vai embora?

— Espero que sim.

— Bom pra você. É uma boa ideia. Mas o que os meninos e...

Teardrop saltou da cadeira, agarrou Ree pelos cabelos, puxando a cabeça dela com força para trás, na sua direção, de modo que o pescoço ficasse à mostra e o rosto para cima. Percorreu os olhos por ela feito uma serpente observando um buraco, fez com que ela sentisse seu veneno no coração e nas vísceras, fez Ree estremecer. Sacudiu a cabeça de um lado para o outro, e então apertou a garganta com a mão e a segurou firme. Encostou o rosto no dela e esfregou a carne derretida contra sua bochecha, para cima e para baixo, e depois deslizou os lábios até a testa, deu um beijo e soltou. Pegou o saco com *crank* no prato giratório. Segurou contra a luz da claraboia e balançou o saco, observando atentamente o pó. Levou o saco para o quarto, Victoria fez um gesto para Ree esperar ali sentada e foi lentamente atrás dele. Fechou a porta atrás de si e sussurrou algo. Uma conversa de duas vozes começou, lenta e calma, mas logo só uma voz mais alta se ouvia, falando várias frases abafadas e duras. Ree não conseguia distinguir as palavras pela parede. Houve uma pausa mais desconfortável do que as frases cortantes de antes. Victoria voltou de cabeça baixa, assoando o nariz num lenço de papel azul-claro.

– O Teardrop diz que é melhor você continuar perto de casa, querida – disse ela, abrindo em leque cinquenta dólares em notas de dez sobre a mesa. – Disse pra te dizer que espera que isso aqui ajude. Quer que eu aperte um pra sua viagem de volta?

———————— ◆ ————————

Ela passou a parar mais vezes para observar coisas que no geral não a interessavam. Farejou o ar como se os cheiros tivessem mudado e observou atentamente a cerca de pedra, tocou as pedras e levantou algumas, segurou-as contra o rosto, viu um coelho que não tentou fugir até ela rir dele, sentiu o cheiro de Victoria nas mangas e acocorou-se em cima de um toco para pensar. Esticou bem a saia por cima dos joelhos e enfiou o resto por baixo das pernas. Aquelas pedras provavelmente tinham sido empilhadas por seus ancestrais diretos e ela ficou um bom tempo tentando imaginar a vida daqueles pioneiros, pensando se podia ver partes da vida deles na sua própria. De olhos fechados, podia vê-los de perto, ver aqueles que pertenceram ao clã dos Dollys e que tinham tantos ossos quebrados, quebrados e remendados, quebrados e remendados de um jeito torto, de modo que saíam mancando pela vida com seus ossos tortos ano após ano até caírem mortos numa noite qualquer por causa de algo que fazia um ruído molhado nos pulmões. Em sua mente os homens pareciam em sua maioria vagabundos, dividindo o tempo entre noites na farra ou na cadeia, fazendo uísque no quintal ou se reunindo perto da casa de penhores, com orelhas carcomidas, dedos mutilados, braços amputados a bala, sem nunca ruminar um único pedido de desculpa. As mulheres lhe vinham à mente maiores, mais próximas, com olhos solitários e dentes amarelos e grosseiros, sorrindo sem abrir os lábios, trabalhando nos campos sob o sol quente de manhã até a noite, as mãos ásperas feito milho seco, os lábios rachados durante todo o inverno, um vestido branco para casar, um vestido preto para enterrar, e Ree fez que sim, é. É.

O céu estava escuro e baixo de modo que o falcão que circulava lá em cima flutuava, entrando e saindo das nuvens. O vento levantava e sacudia o topete da cabeça dele. Aquele falcão flutuava sobre as lufadas de vento em busca de algo para matar. Procurando agarrar algo, mastigar as partes saborosas, desprezar os ossos.

O Pai podia estar em qualquer canto.

O Pai às vezes pensava que tinha bons motivos para estar em quase qualquer lugar ou fazer quase qualquer coisa, mesmo que esses motivos parecessem ridículos na manhã seguinte.

Certa noite, quando Ree ainda era pirralha, o Pai se desentendeu com Buster Leroy Dolly e levou um tiro bem no peito, perto do rio Twin Forks. Estava doido de tanto *crank*, maravilhado por ter levado um tiro e, em vez de ir até um médico, foi dirigindo cinquenta quilômetros até West Table, até a Tiny Spot Tavern, para mostrar para seus amigos o fascinante buraco de bala e o sangue que saía borbulhando dele. Caiu no chão sorrindo, e os bêbados o carregaram até o hospital da cidade. Ninguém achou que ele fosse sobreviver até o dia seguinte, mas ele sobreviveu.

O Pai era durão, mas não era dado a fazer planos. Aos dezoito anos, saíra dos Ozarks, planejando ganhar muito dinheiro trabalhando nas plataformas de petróleo de Luisiana, mas acabou lutando boxe contra mexicanos por uma ninharia no Texas. Ele batia neles, eles batiam nele, todo mundo sangrava, ninguém ficava rico. Três anos depois, ele voltou para o vale sem nada que provasse sua aventura além das novas cicatrizes ao redor dos olhos e algumas histórias que serviram para fazer os homens rirem durante algum tempo.

O Pai podia estar em qualquer lugar, com qualquer um.

A mente da Mãe só foi se desfazer e se dispersar completamente quando Ree completou doze anos, e foi mais ou menos nessa idade que ela descobriu que o Pai tinha uma namorada. O sobrenome dela era Dunahew e ela dava aulas para o jardim de infância do outro lado da divisa do Arkansas, no Reid's Gap. Ela dizia que se chamava April e ela mesma não era lá muito bonita, mas tinha um corpo bonito e um salário fixo. Uma vez Ree foi levada para Reid's Gap e teve de ficar lá quase uma semana para cuidar de April, que estava passando mal do estômago. Isso foi há quase dois anos, e ela não ouviu o Pai falar o nome de April desde então, e nem sentiu o cheiro dela nas roupas dele. Ela tinha uma casa amarela bonita a oeste da estrada principal daqueles lados. E o Pai poderia estar em qualquer lugar.

No meio do caminho entre sua casa e a casa do Tio Teardrop, Ree virou a estrada do riacho na direção oeste e subiu um morro cheio de neve, atravessando um prado todo branco. Os Langans tinham uma casinha pré-fabricada marrom sobre uma base de concreto, atrás do celeiro, onde vendiam objetos usados. O celeiro era feito de uma madeira saturada por décadas de chuva, agora cinzenta e bamba. Objetos velhos que provavelmente jamais seriam usados novamente eram jogados lá e esquecidos. A casa pré-fabricada tinha um terracinho e os homens podiam urinar de um canto e mirar na lateral do celeiro, o que criou uma mancha descolorida e gasta no local.

Gail Lockrum, a melhor amiga de Ree, acabou tendo que se casar com Floyd Langan por causa da gravidez e agora morava naquela casa com os pais dele. Gail e Ree eram unidas desde a excursão escolar do segundo ano, quando bateram a cabeça ao procurar a mesma rã debaixo de uma mesa de piquenique em Mammoth Spring e depois ficaram de pé para esfregar os calombos, e então passaram a gostar uma da outra. Desde então, gastavam as horas vagas de cada ano que passava alegremente trocando roupas, sonhos e opiniões sobre todo mundo. Gail tinha um bebê chamado Ned, de quatro meses de idade, e o ar recém-adquirido de mágoa e surpresa, a tristeza de alguém que foi deixada para trás, como se tivesse percebido que aquele mundo enorme continuava a girar e a girar enquanto ela continuava grudada no mesmo lugar do dia para a noite.

Ree ouviu Ned berrando quando subiu na plataforma. Ficou parada alguns instantes sobre a crosta de neve perto da porta e, finalmente, bateu. Ouviu o apoio dos pés da poltrona de TV sendo abaixado, resmungos. A porta parecia emperrada por causa do gelo e precisou ser aberta com força, e foi Gail quem apareceu, segurando Ned e dizendo:

— Graças a Deus é você, Florzinha, e não a desgraça do pai e da mãe do Floyd de novo. Os dois ficam de olho em mim como se eu tivesse feito algo errado ou como se eu tivesse esperando o dia em que eles *não vão ficar de olho* em mim pra fazer.

— Quer parar de falar mal deles? Fecha essa matraca. Eles colocaram um teto em cima da sua cabeça, não foi?

Ree sorriu e esticou a mão para beliscar a bochechinha de Ned, mas viu o rosto sardento que berrava e exigia e deixou cair a mão. Olhou para aquele rosto de bebê todo contraído e azedo, cheio de vontades, que já nasceu berrando e querendo, mas que talvez nunca viesse a conseguir pronunciar ou conseguir, e disse:

— Você vai me convidar pra entrar ou vou ter que ficar aqui fora?

– Ela pode entrar e ficar um pouco – disse Floyd.
– Ouviu? – perguntou Gail.
– Ouvi.

Floyd estava sentado na sala principal da casa, recostado em sua poltrona, segurando uma cerveja, os fones de ouvido com um fio comprido descansando no colo. Tinha quase vinte anos e Ree sabia que a maioria das moças diria que ele era bonito ou boa-pinta ou algo assim. Tinha cabelo loiro, olhos azuis, era forte, com dentes brancos e um sorriso daqueles. Desde a oitava série ele era apaixonado pela Heather Powney, mas uma vez, quando a Heather estava viajando, ele ficou bêbado e encontrou Gail no Sonic, na cidade, e ficou com ela no carro dele, ouvindo thrash metal, enquanto as janelas ficavam embaçadas. Ele também viu a Gail na noite seguinte, mas foi só, até que, meses depois, o velho Lockrum apareceu, morrendo de vergonha e bufando de raiva. E aí, de repente, Floyd virou um marido com um filho, e Heather Powney parou de atender as ligações dele.

– E aí, Floyd? Dando muito no couro?
– Não. Aprendi a lição – disse ele. Levantou os fones de ouvido, mas deixou-os perto das orelhas. – Vê se não fica muito tempo. Ela agora tem aquela criança.
– É, eu percebi.

Floyd deixou os fones voltarem a se fechar sobre as orelhas e fez um gesto para ela cair fora.

Gail estava na cozinha segurando Ned perto do peito. Gail tinha quadris e membros magros e um rosto sardento, de traços finos e inteligentes. Tinha cabelos compridos de um tom avermelhado que acompanhava o das sardas espalhadas feito pó sobre seu nariz e bochechas. De alguma maneira seu corpo magro havia escondido o bebê sob uma barriga que ficou apenas mais redonda, e até o sétimo mês ela pareceu mais redonda do que grávida. Nunca ficou grávida de andar feito pata-choca, e voltou a ser magra poucas semanas depois de dar à luz. Ainda parecia surpresa com aquela coisa de mãe e esposa, sem acreditar que aquilo não parecia ir embora tão rápido quanto tinha surgido.

Ree sentiu o cheiro da gordura deixada na frigideira e das fraldas de pano de molho na tina de lavar roupa. Viu pratos sujos na pia e carne de porco descongelando para o jantar, deixando filetes rosados no balcão. Abraçou Gail com o bebê entre elas e beijou a bochecha de Gail, o nariz, a outra bochecha. E disse:

– Ah, Florzinha. Putz.

– Não começa. Não começa.

Ree passou os dedos por entre os cabelos de Gail, separou as longas mechas, separando e desembaraçando suavemente, diversas vezes.

– Florzinha, você está cheia de carrapicho.

– Ainda?

– Tô achando um monte.

O bebê estava fazendo uma pausa entre os acessos de atividade para descansar e babar, e Gail o levou pelo corredor estreito até o quarto principal, e Ree foi atrás. Havia grandes pôsteres brilhantes de carros de corrida colados nas paredes, envoltos em filmes de PVC. Sobre a cômoda, uma caneca de cerveja enorme, marrom de tantas moedas dentro. A cama estava desfeita, uma bagunça de lençóis amarelos e colchas de retalhos. Gail colocou Ned na cama, depois deitou ao lado dele e disse:

— Faz tempo, Florzinha — esticou-se para trás ao lado do bebê com os braços caídos para os lados e os pés no chão. — A impressão que dá é que eu te deixei triste demais pra você vir aqui me ver.

— Não é só por isso.

— É pelo que mais, então?

— As coisas vão acumulando, só isso.

— Então me conta.

Ree sentou numa cadeira de palha e pôs os pés de Gail em seu colo. Inclinou-se com os olhos voltados para baixo e ficou esfregando as panturrilhas e tornozelos de Gail, falando sem parar sobre o Pai, a polícia, o Pai e a casa, ela, os meninos, o violino de Satanás. A luz na janela passou de fraca para nenhuma, para fraca de novo, e a voz de Floyd subia de vez em quando, abafada pelas palavras de Ree, para acompanhar o refrão sem música do thrash metal que ele ouvia em seus fones de ouvido. Ree esfregou com força até achar que já tinha falado o suficiente.

— Reid's Gap? Onde fica isso, exatamente?

— Depois de Dorta, já no Arkansas. Ela é professora de jardim de infância.

– Eu vou ter que pedir pra ele. Ele que fica com a chave.

– Diz que eu ponho gasolina.

Gail rolou pra fora da cama, ficou de pé e foi em direção à voz que cantarolava. Não demorou quase nada. Quando voltou, disse:

– Ele não me deixa pegar o carro.

– Você disse que eu ponho gasolina?

– Disse. Mesmo assim.

– Mas por que não?

– Ele nunca explica por quê. Ele só diz não e pronto.

– Ah, Florzinha – disse Ree, balançando a cabeça. Suas feições ficaram contraídas. – Eu detesto isso.

– O quê? O que é tão horrível pra você fazer essa cara?

– É que é tão triste, cara, tão triste ouvir você dizer que ele não deixa você fazer uma coisa e você simplesmente não faz e *pronto*.

Gail deixou-se cair na cama de cara nos lençóis, dura feito uma árvore.

– É diferente quando você tá casada.

– Deve ser. Deve ser, mesmo. Antes, você nunca engolia sapo de ninguém. Nunca.

Gail virou rápido e se sentou na beira da cama. Ned balbuciou, agitou os punhozinhos fechados no ar. Gail ficou de cabeça baixa e Ree inclinou-se para tocar seu cabelo, enfiando os dedos por entre os compridos cachos avermelhados. Penteou-os para trás com a ponta dos dedos, abaixou o rosto e inalou seu cheiro.

Gail disse, baixinho:

— O que você tá fazendo?

— Tirando carrapicho, querida. Você tá com um monte.

— Não, não tô — disse ela, empurrando as mãos de Ree sem olhá-la. — Não tô com carrapicho. E tá na hora do meu cochilo e do Ned. De repente eu tô me sentindo muito cansada. Te vejo depois, Florzinha.

Ree levantou-se lentamente à luz fraca do quarto, deu um chute na cadeira de palha, colocou o capuz verde na cabeça e disse:

— Só lembra que eu tô *sempre* aí pro que você precisar.

Quando Ree saiu pela porta da frente, Floyd estava no canto do terraço lançando um arco de urina na direção do celeiro. A urina atingia a parede e fazia vapor, criando pequenas borbulhas que escorregavam pela parede até a neve. Gotas quentes atravessavam a neve e deixavam pontos e rabiscos amarelados. Ele continuou a urinar, tremendo, em mangas de camisa, de ombros encurvados contra a brisa, e disse:

— Acha que vai esfriar hoje?

— Se não esfriar de dia, de noite vai.

Leves filetes de vapor subiam da parede do celeiro e Floyd olhou de relance sobre o ombro na direção de Ree e disse:

— Você acha que entende, mas não entende. Digo, você devia tentar um dia desses. Ficar bêbada uma noite e acabar se casando com alguém que nem conhece direito.

— Eu conheço ela bem.

– É, moça, você precisa ficar bem bêbada e ter um filho. Tô falando sério.

– Não, valeu. Eu já tenho dois. Isso sem contar a Mãe.

O arco de urina de Floyd foi ficando cada vez mais fraco até que ele se balançou para se livrar das últimas gotas.

– Ninguém aqui quer ser ruim – disse ele, pulando um pouco enquanto fechava o zíper. – É só que ninguém aqui sabe as regras do jogo, e isso deixa tudo mais divertido.

———◆———

Ree seguiu o caminho feito por alguma presa que subiu o morro por entre as árvores, atravessando uma saliência sem vegetação e depois descendo o morro até um amontoado de pinheiros, o cheiro de pinho, a sombra sagrada e o silêncio gerado pelas árvores. Pinheiros com galhos baixos sobre neve recém-caída servem mais como abrigo para o espírito do que como bancos de igreja e púlpitos. Deixou-se ficar ali. Sentou-se numa pedra grande entre os pinheiros, boa para pensar, e colocou os fones. Tentou combinar os sons de terras distantes com o ambiente e selecionou *Anoitecer nos Alpes*. Mas aqueles sons de montanhas invernais combinavam demais com a paisagem e ela mudou para *Sons da Aurora Tropical*. A neve se soltava dos galhos lá em cima e caía peneirando por entre as agulhas dos pinheiros, lentamente, feito pó, enquanto ela ouvia as ondas mornas se desenrolando e pássaros de muitas cores, e talvez até macacos. Podia ouvir o cheiro de orquídeas e papaias, sentir o arco-íris de peixes reunidos na parte rasa da praia.

Ficou sentada ali pensando até a pedra grande deixar seu traseiro gelado demais.

◆

O cinza tomou conta do céu e de todas as janelas. A cabeça da Mãe estava inclinada dentro da pia da cozinha e seu cabelo formava ondas que preenchiam a cuba. Parecia absorta numa onda de prazer, completamente entregue às delícias de ser paparicada por uma filha, gemendo enquanto os dedos de Ree esfregavam seu couro cabeludo, fazendo um monte de espuma branca, que era enxaguada com água da velha jarra de suco da Vó. Os dedos de Ree eram fortes e faziam o sangue formigar nas raízes. Os meninos estavam sentados no balcão, perto o suficiente para ficarem molhados, envoltos em cobertas, observando enquanto ela esfregava, fazia espuma, enxaguava. Ree olhava para eles várias vezes para ver se estavam prestando atenção. Fazia um gesto de cabeça na direção da Mãe como se perguntasse: "Estão aprendendo?".

– Ainda tem sabão ali – disse Harold.

– No próximo enxágue a gente tira.

Sonny forçou uma tossida meio seca e disse:

– Ainda tem daquele xarope?

– Hã-hã. Vocês dois estão gostando demais daquilo.

— Mas bem que ele tira a coceira da garganta.

O gelo pendia das calhas do telhado, agarrando os pingos que derretiam, transformando-se em estacas maiores e mais fortes de geada recortada que enfeitava a janela acima da pia. O sol ao oeste estava fraco, um mero borrão baixo por trás das nuvens intermitentes. A sopa de ossos de gazela borbulhava no fogão, soltando um cheirinho delicioso.

— Pode ser que eu faça mais pra vocês mais tarde, mas agora vocês precisam olhar. Aprender a lavar o cabelo dela.

— Ainda tem sabão na orelha — disse Harold.

— Esquece o sabão, caramba, olha o que eu tô fazendo. Então, depois de tirar bem o sabão, vocês colocam o condicionador, mas tudo que a gente tem agora é vinagre. Então a gente usa vinagre. Presta atenção pra ver como eu vou medir.

A televisão competia pela atenção dos meninos. O sinal era fraco naquelas profundezas do vale e eles só tinham dois canais. Mas o canal público de Arkansas era o que pegava melhor, e os programas de fim de tarde favoritos dos meninos iam começar. O cachorro sorridente que viajava no tempo em busca de aventuras e grandes descobertas históricas apareceu na tela, usando uma armadura medieval. Quando o cheiro do vinagre se espalhou e Ree se debruçou mais uma vez sobre a Mãe, os dois meninos silenciosamente escorregaram do balcão e foram para a sala ver o cachorro cosmopolita.

Ree ficou olhando eles irem embora.

— Daqui a pouco você vai ficar bonita, Mãe.

– Será?
– Vai. Tão bonita que vai ficar andando toda orgulhosa, vai até começar a dançar até cair.
– Será?
– Você gostava.
– É verdade, né? Eu gostava.
– E eu gostava de ver você assim.

Ree reuniu os cabelos da Mãe para trás feito uma corda, apertou, apertou, torceu. Espremeu as últimas gotas, que escorreram por sua mão e seu pulso e que depois ela secou com uma toalha. E então ela colocou a toalha sobre o cabelo molhado da Mãe.

– Vai sentar perto do forno para eu pentear e secar o seu cabelo.

Havia um perímetro de calor ao redor do forno e a Mãe sentou ali perto, com a cabeça erguida. Ree pegou um pente de dentes largos, fincou no cabelo e puxou até deixar um enorme rastro reluzente, enxugou o pente na toalha e, depois, alisou o cabelo de novo. Quando o Pai estava na prisão, a Mãe se arrumava muito, todas as noites no fim de semana, vestia-se com roupas bonitas e brilhantes e se deixava levar pros lugares. Seus olhos brilhavam e ela parecia uma menininha enquanto esperava, e aí se ouvia o som de uma buzina lá fora e ela dizia: "Eu já volto, querida. Divirta-se".

Ela voltava na hora do café da manhã, acabada, cansada, constrangida. Fugia para aquelas noites esfumaçadas na esperança de se livrar da dor da solidão, mas nunca conseguia.

A dor sempre estava de volta em seus olhos de manhã. Às vezes ela aparecia com marcas e Ree perguntava quem fez aquilo, e ela respondia: "Foi o moço que estava me paquerando, quando se despediu".

– Você tá cheirosa, Mãe.
– Com cheiro de flor?
– É, tipo isso.

Houve uma época em que a Mãe passou a contar para Ree detalhes dessas noites em espeluncas de beira de estrada ou em festas no East Main Trailer Court, ou sobre como as coisas acabaram saindo do controle no River Bluff Motel. A hora de contar veio quando a Mãe percebeu que já estava farta das noites cheias de fumaça e agora gostava de cutucar as memórias, sentada em sua cadeira de balanço. Ela já tinha levado algumas surras por amor na vida e havia superado todas, mas as que persistiam eram aquelas surras horríveis que tinha levado durante as saídas casuais e rapidinhas com os caras do bar Circle Z Ranch ou com aqueles vagabundos bonitões da cidade. Essas continuavam na cabeça dela, girando, girando, fazendo sombras atrás de seus olhos, para sempre. O amor e o ódio sempre andam de mãos dadas, então faz sentido que gente casada confunda os dois na calada da noite de vez em quando, e o resultado é sempre um nariz sangrando ou um seio machucado. Mas quando rolar no feno com um estranho qualquer sem nenhum compromisso leva a um dente quebrado ou a queimaduras de cigarro no pulso, isso só parece provar que existe algo de muito ruim no mundo.

– Acho que vou dar uma procurada e tentar achar a sua maquiagem. Te deixar bonita hoje.
– Feito antes.
– Como muitas vezes antes.

Mas havia momentos daquelas noites que ela apreciava muito e de que sentia falta, momentos quentes feito manteiga derretida. Os doces começos que carregavam a promessa de sabe-se lá o quê, o cheiro, a música, os nomes gritados em lugares altos, nomes que nunca dava para entender direito. A fagulha de pura diversão que era quando dois homens se apressavam ao vê-la, vinham em sua direção na mesma hora para tentar cortejá-la, um num ouvido, o outro no outro. O desejo saciado com a dança, ossos dos quadris se tocando, as mãos que eram novidade se movimentando sobre suas dobras e curvas sensíveis, mãos tão gostosas quanto línguas nos cantos escuros daqueles momentos movidos a uísque. A fome maior era de palavras, e as palavras necessárias eram faladas em voz baixa, às vezes soando tão verdadeiras que ela acreditava nelas com todo o coração até que o arfar nu acontecia e o homem começava a procurar suas botas no chão. Aquele momento sempre acabava com sua fé nas palavras e no homem, em qualquer palavra e em qualquer homem.

– Para de se mexer, você está quase seca.

Enquanto o Pai estava na prisão, a regra era não ver o mesmo homem três vezes. Uma noite dava para esquecer rápido feito um peido, duas feito uma pontada, mas depois de três noites dormindo juntos a dor era maior, e para aliviar a dor vinha a quarta, a quinta, e várias depois. E aí o coração se deixava levar, tecendo sonhos, e lá vinham os problemas. O coração se engana e vê os sonhos como ideias.

Ree foi para o quarto da Mãe e acendeu a luz. As paredes eram decoradas com papel cor-de-rosa, da época da Vó. Havia uma penteadeira de acerácea, bonita, cheia de veios, com espelho, que tinha sido da Tia Bernadette antes de aquela enchente relâmpago deixá-la pendurada de um jeito estranho na ponte baixa e nunca mais devolver o seu corpo. Era difícil não ver vultos de seu rosto no riacho ou no espelho desde então. Acima da cama havia uma foto empoeirada e vesga do Tio Jack, que tinha sobrevivido à Batalha de Khe Sanh e a quatro casamentos para depois morrer num rinque de patinação por causa de algo que tinha cheirado. A cama era em parte feita de latão, tubos grossos na cabeceira e nos pés. A colcha era vermelha e estava desarrumada. Ree tinha sido feita naquela cama, e numa manhã preguiçosa e quente ela pegou a Mãe e Blond Milton fazendo Sonny ali. Na época a Mãe já não estava muito boa do juízo e jogou um cinzeiro em Ree, gritando "Você tá mentindo! Você tá mentindo! Isso nunca aconteceu!".

– Não tô achando o seu kit de maquiagem, Mãe. Eu deixo você bonita outra hora.

A Mãe balançava quentinha na cadeira de balanço ao lado do forno, tocando o cabelo, e parecia não ter escutado. Olhava para a televisão, apertando os olhos, sem notar os filhos, com a cabeça meio de lado.

– Onde foi que ele conseguiu essa armadura?

Coiotes uivavam depois do amanhecer, uivavam dos penhascos e cumes distantes, e o uivo descia pelo vale e chegava até o fim da estradinha de terra onde o ônibus da escola parava. Ree, Sonny e Harold esperavam perto do asfalto do município que levava a todos os lugares, ao lado dos diques brancos de neve rebocada pelos arados. Era uma manhã clara, mas de gelar os ossos, e talvez o mau tempo tivesse impedido aqueles coiotes de fazer o que tinham de fazer de noite, então eles agora continuavam de dia. Ganidos e latidos suplicantes e selvagens sob um sol que nada aquecia. Ree mantinha os meninos bem juntos, observava o vapor da respiração saindo de suas bocas feito aquelas nuvenzinhas que carregam palavras nos quadrinhos. A nuvenzinha de Harold podia dizer "Espero que eles não comam gente". E a de Sonny, "Tem mais daquele xarope?".

A Junction School ficava a quase dez quilômetros dali, perto da estrada principal que levava a West Table. O ônibus não era tão grande. Era amarelo com advertências em letras pretas na frente e atrás e levava umas dez crianças, ou talvez mais, todos os dias. Parava em estradas de terra, estradinhas estreitas de pedra, espaços abertos entre árvores. Muitas das crianças eram primas em algum grau, mas isso não as impedia de brincar de um jeito violento e de se xingarem. Algumas vezes durante a semana as coisas fugiam do controle e o Sr. Egan tinha que parar o ônibus e dar uns tapas em alguém.

– Talvez seja melhor a gente dar comida pra eles, Ree – disse Harold.

– Pros coiotes? Náá! Nem liga. Quase impossível eles te comerem.

– Mas se a gente der comida eles não vão de verdade.

– Só dar um tiro neles. Se eles vierem farejando, a gente atira bem no meio dos olhos – disse Sonny.

– Mas eles parecem cachorros – disse Harold. – E eu não tenho problema nenhum com cachorro, mesmo quando eles tão com fome.

– Se você puser comida eles vão chegar perto, aí eles vão chegar perto demais e aí alguém pode atirar neles, Harold. Nunca deixe comida pra eles. Pode parecer que você tá fazendo algo de bom, mas não tá. Você só tá colocando eles em perigo, só isso – disse Ree.

– Mas olha só como eles tão com fome.

O ônibus apareceu na crista do morro e veio descendo pelo asfalto mais rápido do que seguro. O Sr. Egan parou ao lado deles, abriu a porta e disse:

– Andem, entrem logo.

Os meninos subiram nos degraus, entraram no ônibus e Ree foi atrás.

– Posso pegar carona hoje?

O Sr. Egan tinha mais ou menos cinquenta anos de idade, cabelos claros e ralos e um depósito de carne com vários queixos embaixo de uma barba por fazer espessa e grisalha. Tinha uma perna ruim, que ele precisava arrastar quando andava, e quando alguém lhe perguntava o que havia acontecido ele dizia: "Se o Quatro-Olhos do Orrick aparecer e te pedir pra ir caçar veado com ele, *não vai*". Sorriu para Ree e fechou a porta.

– Vai voltar pra escola?

– Não. Só tô precisando de uma carona.

– Sem problema. Sinto falta de você no ônibus.

– Ah, é?

– É. Quase parei de dirigir quando você parou de vir.

– Que conversa fiada.

– Conversa fiada nada, princesa. Sem você aqui tudo ficou triste.

Ree se sentou atrás do Sr. Egan. Sorriu para os meninos sentados do outro lado do corredor e fez um gesto de círculos com o dedo perto da orelha. O ônibus saiu em disparada pelo asfalto.

– Cara, você não tá se engraçando pra cima de mim não, né? – perguntou Ree.

– Que coisa horrorosa de se dizer, Ree.

– Ah. É até triste ouvir você colocar um ponto final na história desse jeito.

– Eu te levava no ônibus desde que você tinha seis anos de idade – disse o Sr. Egan. O ônibus passava pela floresta tão rápido que as árvores pareciam jorrar. Pela manhã, as sombras compridas das árvores altas espetavam a luz e faziam a visão ir do claro para o escuro muito rápido, cegando todos os olhos dentro do ônibus. – Sou um homem feliz e divorciado, com uma caranga velha. Não fica aí me provocando.

– Tá, mas obrigada, de qualquer forma.

– Bom, princesa, eu sei muito bem que tudo aqui é longe demais pra você ir andando.

A área da escola consistia em dois prédios, e os dois pareciam garagens de mecânico gigantes, galpões pré-fabricados de metal divididos em diversas salas de aula e escritórios. O galpão maior era a Junction School, pintada numa cor de creme com teto preto, onde estudavam as crianças do ensino fundamental. A Rathlin Valley High School, de ensino médio, ficava do outro lado do pátio, com o próprio estacionamento, e tinha paredes de um tom marrom-avermelhado e um telhado branco. O nome do time de torcida para todas as séries era Fighting Bobcats, e havia um grande outdoor com uma pintura de vários gatos mostrando os dentes e garras fazendo rasgões vermelhos no céu azul ao lado do asfalto. O ônibus parou perto dos outros ônibus, logo depois do outdoor.

– Se der pra evitar, não arranjem briga. Mas se um de vocês levar uma surra de alguém, é melhor *vocês dois* voltarem pra casa com sangue, entenderam? – disse Ree.

Ree atravessou a neve do pátio da escola em direção à estrada asfaltada que levava ao norte. Viu meninas grávidas que conhecia aninhadas perto da entrada específica para elas, segurando livros e topando barrigas. Viu meninos que conhecia partilhando cigarros, encostados na lateral de suas picapes. Viu namorados que conhecia se beijando com beijos molhados o suficiente para saciar e matar a vontade até a hora do almoço. Viu professores que conhecia observando-a com olhos tristes enquanto ela saía sozinha do pátio da escola e ficava perto da estrada com o polegar pedindo carona. Ela acenou uma vez para a Sra. Prothero e para o Sr. Feltz, mas resolveu só olhar para a escola uma vez.

A paisagem de gelo delineava Ree de maneira tão trágica que ela conseguiu carona em poucos minutos. Um caminhão de entrega da Schwan parou e o motorista repetiu diversas vezes que não tinha permissão para dar carona, mas, minha nossa, aquele vento mudava tudo, né? Ele a levou até depois dos casebres decrépitos de Bawbee, Heaney Cross e Chaunk, depois da entrada para Haslam Springs, e subiu até a bifurcação para Hawkfall. O percurso conjunto dos dois terminava ali. Ree desceu e ficou olhando enquanto o caminhão seguia para o norte.

Do cume para baixo, a neve da estrada que levava a Hawkfall não tinha sido limpa. Ree desceu o grande declive do morro por um dos dois únicos sulcos recurvos feitos por pneus na neve. As casas da vila ficavam mais ao pé do morro, dispostas mais para cima ou para baixo nos cumes ou declives ao redor. A parte nova de Hawkfall era conhecida da maioria das pessoas, mas a velha tinha um jeito antigo, um ar sagrado e sinistro. Tanto a parte nova como a velha eram feitas basicamente de pedras das montanhas Ozarks. As paredes dos lugares antigos tinham sido destruídas, as pedras arrebentadas e arremessadas para bem longe nos prados durante o terrível ajuste de contas de muito tempo atrás. Desde então, as pedras continuaram no mesmo ponto onde caíram, e agora eram protuberâncias brancas espalhadas num raio de uns três quilômetros. As casas novas tinham pegadas nos quintais e chaminés fabricando fumaça.

O vento azul e cortante anunciava no céu o tempo ruim, nuvens escuras aparecendo no canto do olho, trazendo água gelada para mais tarde. Um cachorro gordo e marrom veio feito uma pata-choca pela neve que lhe batia na barriga para examinar Ree. Farejou e latiu suas descobertas até que mais três cães vieram correndo do outro lado da estrada para pular ao redor dela. Ree foi escoltada pelos alegres vira-latas enquanto atravessava o campo cheio de velhas paredes caídas e entrava na vila. As casas baixas de pedra tinham varandas pequenas na frente e janelas estreitas e altas. A maioria ainda tinha duas portas na frente, de acordo com certas passagens das Escrituras, uma para os homens e outra para as mulheres, embora ninguém mais as usasse de maneira tão rígida. Na primeira casa, uma mulher apareceu na varanda:

– Quem é você?

Ree parou na estrada com o vento pelos joelhos.
– Dolly. Eu sou uma Dolly. Ree Dolly.

A mulher era jovem, com talvez uns vinte e cinco anos de idade, e usava um roupão de banho com estampa *tie-dye* sobre um suéter cinza felpudo, calça jeans preta e botas. Seus cabelos eram quase pretos, com um corte curto e bonito, e ela usava óculos de grau meio grandes que faziam com que aquele ar inteligente ficasse bonito nela. De trás dela vinha uma música, guitarras estridentes e uma letra sobre cavalos selvagens que corriam livres.

– Acho que não te conheço – disse a moça.

– Eu sou de Rathlin Valley, conhece? Depois de Bromont Creek, sabe onde fica?

– Nem ideia. Pra mim isso aí e Timbuktu dá no mesmo – respondeu ela. – Que que você quer aqui?

– O meu pai, Jessup, ele é amigo do Little Arthur, e eu preciso achar ele. Eu já estive aqui. Eu sei onde o Little Arthur mora.

A mulher acendeu um cigarro amarelo e torto e jogou o fósforo na neve, sem tirar os olhos de Ree. Sua respiração e a fumaça subiram brancos no ar. Os cachorros tinham subido os degraus para cheirar suas botas e ela os afastou com os pés.

– Fica aí parada até eu voltar, vou pegar meu chapéu. Vê se não fica bisbilhotando por aí.

As casas mais para cima pareciam presas nos morros irregulares feito migalhas numa barba, e prestes a cair do mesmo jeito repentino. Mas já estavam ali há umas duas ou três gerações, e cascatas de neve, rajadas de chuva e ventos fortes na primavera tinham tentado soltá-las e mandá-las rolando morro abaixo, mas nunca conseguiram. Havia trilhas estreitas em todos os declives por entre as árvores, passando pelas laterais das rochas, levando de uma casa a outra, e num clima mais ameno Ree até acharia que Hawkfall tinha um ar meio encantado, se é que um lugar poderia parecer encantado e ao mesmo tempo não muito amigável. Viu marcas de pneu no topo da estrada que saíam do vale e iam na outra direção. Era o caminho mais longo para se chegar aos lugares úteis, mas por aquele caminho não era preciso escalar um morro cheio de neve antes de chegar ao asfalto.

A mulher voltou à porta e saiu da varanda, descendo com cuidado os degraus cheios de neve, usando um chapéu de caubói cor de pérola com uma pluma azul na faixa. O baseado dela já estava pequeno e ela o ofereceu a Ree, que aceitou e tragou. A mulher disse:

– Eu te conheço. Eu te vi algumas vezes em Rocky Drop.

– Nem sempre a gente vai lá.

– Uma vez você sentou o sarrafo num menino gordo da família Boshell porque ele jogou meleca de nariz no teu vestido, não foi?

– Você *viu* aquilo?

– Você fez o prato de ovo recheado dele sair voando e fez ele chamar a mãe de boca no chão. É você que tem a mãe que tá meio biruta, né? Não é você que mora perto do Blond Milton?

– Isso. Eu mesma.

– Eu me chamo Megan. E eu conhecia o Jessup só de vista, quer dizer, nunca conversei com ele.

– Você *conhecia* ele?

Ree tinha fumado o baseado até o talo e o devolveu para Megan. Megan o colocou dentro da boca e engoliu, e então disse:

– Conhecia quando via ele por aí, digo. Ele faz umas coisas, eu ouço falar.

– Ah. Bom, ele faz *crank*.

– Minha querida, todos eles fazem agora. Nem precisa dizer.

Ree e Megan começaram a ir em direção à casa de Little Arthur, as botas cantando na neve, os cães se reunindo ao redor delas, roçando o rabo contra suas canelas e, depois, pulando mais à frente para quebrar as correntes de ar. Enquanto passavam, as pessoas das outras casas abriam as portas para olhar. Megan acenava para eles e eles acenavam de volta e, depois, fechavam as portas. As fachadas de pedra tinham neve acumulada nas saliências e reentrâncias, e pareciam pequenos penhascos em estado natural.

A casa de Little Arthur ficava numa subida, quase no topo. Era mais de madeira que de pedra, mas havia bastante pedra mesmo assim. Do lado mais íngreme da casa havia antes uma varanda, perto da porta da cozinha, mas a escada e o suporte já tinham desaparecido, deixando a base flutuando sobre um despenhadeiro perigoso, uma péssima ideia à espera de alguém sob o efeito de alguma droga. Dois carrinhos de mão cheios de furos de bala e outros entulhos de metal enferrujavam perto da casa e um banco de carro bege bastante surrado recostado contra a parede servia de banco de jardim. Um vulto moveu-se na janela da frente quando as mulheres se aproximaram.

– Se ele tiver chapado de *crank* há um ou dois dias, é melhor deixar pra lá, meu bem. Nem tenta falar com ele quando ele tá assim, porque ele não fala coisa com coisa quando fuma esse tanto – disse Megan.

– Eu conheço o Little Arthur. Ele me conhece. Eu preciso achar o meu Pai.

A porta abriu e Little Arthur sorriu para Ree e disse:

– Eu sabia. Você teve um sonho comigo, não é?

– Ela tá procurando o Jessup, você viu ele?

– Quer dizer que ela não tá procurando por mim? Você não tá procurando por *mim*, Ruthie?

– É Ree, seu babaca. E eu só tô procurando o meu Pai.

– Babaca? Hmmm. Bom, eu gosto quando uma moça me chama de coisas feias, gosto muito, gosto pra caramba, até eu não gostar mais dela nem um pouco. É sempre triste pra caralho quando isso acontece. – Little Arthur era um sujeito baixinho, uma mistura de arrogância e poucas papas na língua, e um histórico que servia de prova. Tinha cabelos escuros e desgrenhados, olhos escuros com cílios compridos, uma barba enrolada e esparsa e dentes amarelados. Mesmo sem droga na corrente sanguínea ele sempre parecia agitado, pronto para saltar num instante de onde quer que estivesse. Estava usando duas camisas xadrez, uma enfiada na calça e a outra aberta, e o punho preto de uma pistola aparecia acima da fivela do cinto.

– Entrem, senhoritas. Ou você já vai, Meg?
– Acho que vou ficar um pouco. Tá meio frio.
– Fiquem à vontade. Sentem onde quiser.

A casa cheirava a cerveja velha, gordura velha, fumaça velha. Nenhuma luz entrava pelas janelas àquela hora do dia e o lugar estava escuro feito um sumidouro. A sala da frente era comprida, mas estreita, e para atravessá-la era preciso passar meio de lado por uma grande mesa quadrada. Várias formas de torta haviam sido usadas como cinzeiros e estavam cheias de bitucas na mesa, no chão, no peitoril das duas janelas. Uma escopeta luzidia descansava desmontada sobre a mesa.

Megan se sentou num canto da mesa e Little Arthur fez o mesmo. Ree passou rente a eles, ficou de pé perto de uma janela e disse:

– Isso não precisa tomar muito tempo, cara. Eu preciso achar o meu pai e imaginei que talvez você soubesse dele. Talvez vocês tivessem andando juntos de novo.

– Não. Não vejo ele desde a primavera, moça. Lá na sua casa.

Quando ele disse "primavera", Ree virou o rosto, ficou olhando pela janela a vista cinzenta. O Pai tinha deixado Little Arthur, Haslam Tankersly e os dois Miltons, Spider e Whoop, se esconderem na casa dela durante um fim de semana. Eles levaram vários tipos de droga e estavam animados. Uma vez Little Arthur ajudou Ree a fazer sanduíches para o almoço e até foi agradável, e depois deu a ela um monte de cogumelos pra comer, dizendo que eles faziam o gosto da mortadela frita parecer ouro brilhando, e ela comeu.

– Você não viu ele em lugar nenhum desde aquela vez?

– Hã-hã.

– Mas ele vivia saindo de casa pra ir pralgum lugar... Você não sabe pra onde?

– Por acaso tem cocô de gato no seu ouvido, menina?

Quando os cogumelos fizeram efeito, sentiu deuses chamando por ela dentro do próprio peito e obedeceu ao desejo deles, foi para o quintal e subiu o morro ensolarado até as árvores. Sentia-se toda molenga, mole com o amor úmido de inúmeros deuses dentro de si, e sem parar de sorrir saiu andando por entre as árvores, tentando pegar borboletas e acariciá-las até que elas dessem leite, ou talvez rolar na terra até sentir que a atravessava até a China.

– Eu preciso achar ele. Ele entregou tudo o que a gente tem como a fiança dele. Cara, se ele fugir, a gente vai morar no meio do nada feito cachorro.

– Se eu vir o sujeito, pode deixar que eu aviso. Mas faz um tempo que eu não o vejo.

Ele tinha surgido atrás dela no morro, e os dois ficaram sorrindo na sombra da floresta um para o outro durante algum tempo, e depois ele a abraçou até ela cair no chão, e ela sentiu que estava derretendo, vazando de uma forma para outra, e com os abraços ele a tinha virado até que ela se ajoelhasse, e sua saia estava levantada, e Little Arthur se ajoelhou para juntar-se a ela e também ser envolvido naquele abraço enlameado de deuses e puro maravilhamento.

— Eu tenho os dois meninos e a Mãe pra cuidar, cara. Preciso daquela casa.

Little Arthur bateu num maço para soltar um cigarro e acendeu um fósforo.

Megan disse:

— Meu Deus, menina! O seu pai deixou você *sozinha* pra se virar com isso tudo?

— Ele precisou, sabe. Do jeito que as coisas são.

— Mas sozinha, sem ninguém?

— Talvez ele tenha conhecido alguma moça e se mandou pra Memphis. Eu lembro que ele gostava de Memphis. Aquela rua lá, aquela música *boogie* antiga de Memphis. Peraí, que mais que ele gostava mesmo? Texas! Ele vivia de pau duro pelo Texas. Deve ter ido pro Texas, deve ter sido isso. Ou pra Montana, ou pralgum lugar desses onde botas de caubói são bem-vindas.

Ree nunca mencionou o momento melado com as divindades ajoelhada na floresta, nem ele. Não fosse pela calcinha rasgada, ela nunca teria certeza de que aquilo tinha acontecido de verdade. Se tivesse só mostrado aquela calcinha para o Pai e deixado uma única lágrima cair, sem dúvida ela teria enterrado Little Arthur antes de o sol raiar no dia seguinte.

— Ele tem outras sarnas pra se coçar, cara — disse ela.
— Então talvez ele possa estar coçando essas sarnas aí em qualquer lugar, gatinha. Que tal um pouco de *crank*?
— Não.
— Quer apertar um?
— Não.

Little Arthur amassou seu cigarro na forma de torta sobre a mesa e ficou de pé.

— Então eu não tenho nada pra você, moça. Ali tá a porta. Vê se vocês duas não caem com essas bundinhas lindas nesse morro escorregadio aí.

Ree e Megan foram embora juntas, escolhendo o melhor caminho para descer o morro íngreme e escorregadio sem dizer palavra. Os cachorros tinham ficado esperando e se chocavam contra as pernas das duas enquanto elas escolhiam o caminho pela neve e escorregavam no gelo, as mãos batendo contra os troncos das árvores em busca de equilíbrio. No pé do morro, Megan agarrou o ombro de Ree e fez com que ela parasse e chegasse mais perto.

— Você tá numa situação bem preta, hein?

Ree puxou o ombro, perdeu o equilíbrio e escorregou na neve. Caiu de pernas abertas e ficou no chão com a saia deixando à mostra as pernas avermelhadas, de cabeça caída. Usou as duas mãos para erguer um bocado de neve e enfiou tudo no rosto. Chorou, encostando os lábios contra o frio, esfregando o rosto com força. Quando abaixou as mãos, havia neve e água em seus cílios, sobrancelhas, narinas, lábios.

– Tô começando a achar que talvez eu *sei* o que tá acontecendo. Alguém matou meu pai e todo mundo sabe, menos eu – disse.

– Levanta daí.

– Ele prometeu que ia voltar com um monte de coisas pra gente, mas ele vive prometendo.

– Menina, eu sinto muito, de verdade, mas não vai adiantar ficar pensando aí sentada na neve – Megan suspirou, olhou de relance para as janelas mais próximas, depois inclinou o corpo e enfiou as mãos sob os braços de Ree, colocando-a de pé e limpando a neve da saia e das pernas.

– Vai, anda. Fica de pé.

– Ele vive prometendo coisas, o maldito. Ele promete qualquer coisa pra depois poder fazer o que quiser.

As duas caminharam juntas pela estrada cheia de neve.

– Não conta pra ninguém que fui eu que te disse isso, tá? Mas pelo que eu entendi, você vai ter que subir o morro e pedir pra falar com o Thump Milton.

– *Thump Milton?*

– Você vai ter que subir o morro e rezar pra ver se ele fala com você. No geral ele nunca fala.

– Ah, não, não. Não. Aquele homem me assusta mais que todos os outros.

– Bom, é bom ter medo dele, viu, querida. Ele é o meu avô, conheço ele desde que me entendo por gente, mas mesmo assim faço de tudo pra não deixar ele puto. Eu já vi o que acontece. Só toma cuidado pra não falar que fui eu que te mandei lá, mas se tem alguém que pode te dar alguma resposta, é o Thump.

De repente os olhos de Megan ficaram cheios d'água, repletos de lágrimas, ou talvez ela só precisasse fungar ou espirrar bem forte. As duas seguiram pela estrada de Hawkfall, os passos afundando na brancura, e Megan só ergueu o rosto de novo quando chegaram a sua casa e pararam. Ela colocou um braço no ombro de Ree, ergueu a outra mão para apontar para além dos campos de muros caídos, depois do morro, para uma casa pequena de pedras marrons, cercada de árvores nuas, e disse:

– Tem sido assim com a nossa gente desde sempre, caramba. Desde sempre. Vai lá ver o Thump. Sobe lá, bate de leve na porta dele e espera.

———◇———

As nuvens pareciam rachaduras nos picos distantes, raios escuros que se contorciam no topo das montanhas para remendar de cinza o céu azul. A umidade gelada começou a cair, não em flocos ou chuva, e sim como bolotas brancas que explodiam feito pingos ao aterrissar e congelavam num vidro repentino por cima da neve. O vento que acompanhava sacudia a floresta, batia os galhos uns contra os outros, e o ruído insano de batidas repetidas não parava. De vez em quando um galho que sacudia cedia e se partia do tronco e aterrissava no chão lá embaixo, fazendo um grunhido.

Ree atravessou o campo de muros caídos, subiu o morro na direção da casa de Thump Milton, mas não precisou bater à porta. Havia uma mulher à sua espera quando ela entrou no quintal. A mulher estava de pé à porta, usando um avental sobre um vestido estampado com mangas curtas, esfregando as mãos, observando Ree se aproximar. Já tinha passado da meia-idade, mas ainda era corada, robusta, com os cabelos brancos escovados num penteado bem para cima, com laquê. Era corpulenta, de ossos largos, e suas carnes balançavam quando ela se movia. Disse:

— Acho que você errou de casa. Posso saber quem é você?

Galinhas faziam uma algazarra numa estrutura baixa e comprida construída no quintal. Havia uma luz acesa dentro do viveiro, e pegadas na neve iam dali até a parte dos fundos da casa. A casa tinha sido construída sem pedras supérfluas ou cores alegres: os tons eram escuros e sóbrios. Um pequeno telhado cobria a entrada e a mulher à porta.

— Eu sou uma Dolly — respondeu Ree. Seu capuz verde estava ficando pesado de tão molhado, moldando seu crânio, e o vento sacudia a saia ao redor de suas pernas maltratadas, e ela cerrava os olhos contra a chuva que respingava em seu rosto. — O meu pai é o Jessup Dolly. Eu sou a Ree.

— E qual é esse Jessup?

— De Rathlin Valley. Irmão do Teardrop. Digo, do Haslam. O Teardrop se chamava Haslam.

— Acho que eu sei quem é o Teardrop. Isso faz do Jessup o homem que casou com aquela moça bonita da família Bromont.

— Isso mesmo. A Mãe antes se chamava Connie Bromont.

— A irmãzinha do Jack. Eu conheci o Jack — disse a mulher. Fez um gesto para Ree subir na varanda e vir para debaixo do telhadinho. Tirou o capuz da cabeça de Ree e olhou bem em seu rosto. — Você não veio aqui em busca de confusão, veio? Porque um dos meus sobrinhos é o Buster Leroy, não foi ele que atirou no teu pai uma vez?

— Sim, senhora, mas isso não tem nada a ver comigo. Eles mesmos resolveram a situação, eu acho.

– Atirar nele sem dúvida deve ter resolvido. O que você quer?

– Eu preciso muito falar com o Thump Milton.

– Arre! Arre! Vai embora, menina! Vai!

– Minha senhora, eu preciso, preciso muito, muito mesmo. Por favor. Eu *sou uma Dolly*! A gente pelo menos em parte é da mesma família. E isso tem algum *valor*, não é isso o que dizem?

A mulher parou quando ela mencionou os laços de família, suspirou, cruzou os braços e cerrou os lábios. Esticou a mão para tocar os cabelos de Ree, avaliou a umidade fria com os dedos e depois colocou o dorso da mão na bochecha de Ree, avermelhada pelo inverno. Disse:

– Não tem nenhum homem pra fazer isso pra você?

– Não posso esperar tanto tempo assim.

– Bom, ele nunca fala mais do que precisa, entendeu? E ele não fala mais direto do que precisa, também. Ele diz as coisas e você precisa entender, mas, se não entender, ele deixa por isso mesmo. E mesmo quando ele fala, ele não fala muito com mulher.

– Você pode falar que eu ainda sou uma menina.

A mulher deu um sorriso triste, tocou o rosto de Ree mais uma vez.

– Acho que não. Ele mesmo vai ver você. Você fica esperando no quintal em algum canto perto do galinheiro e eu aviso que você tá aqui.

Não havia um lugar bom para se esconder do tempo ruim perto do galinheiro. Uma mimosa com tronco duplo crescia perto da parede para quebrar o vento e Ree agachou-se próximo do lado mais seco do tronco. Agachou-se com a saia no chão, fazendo uma espécie de cabana com o próprio corpo servindo de vara. Galinhas agitaram-se dentro do galinheiro aquecido e a água derretida delineava o gelo ao longo das paredes. A árvore bloqueava o vento direto, mas os turbilhões atingiam Ree dos dois lados e as bolotas brancas que explodiam jogavam sobre ela uma névoa que logo congelou.

Depois de quase uma hora, ela viu um rosto diferente na janela. A mulher havia olhado para ela algumas vezes, mas agora a cortina se abria mostrando dedos desconfiados e um rosto com queixo comprido de homem, com barba alongada e escura. A cortina se fechou de modo tão sutil que Ree ficou se perguntando se de fato se abrira ou se ela desejara tanto aquilo que acabou enganando os próprios olhos.

A geada ficava mais grossa no ponto onde a respiração encontrava seu peito.

Chuva e neve caíam estalando, deixando uma superfície lustrosa e gelada sobre tudo. O céu da tarde escureceu e as luzes da casa seguiram para o quintal como clarões de luz esticados que patinavam pelo gelo. Os galhos das árvores ficavam mais grossos com o gelo prateado acumulado e se curvavam. Os cães foram para casa para se esconder embaixo da varanda.

A mulher saiu de novo usando um sobretudo preto, um chapéu e galochas largas que pigarreavam. Foi até o quintal, mas não chegou perto. Disse:

– Acho que ele não tem tempo pra você, menina.
– Eu *preciso* falar com ele.
– Não. Falar só gera testemunhas, e ele não quer testemunhas.
– Eu espero.
– Você precisa é ir pra casa.
– Vou esperar aqui até ele cansar. Preciso falar com ele e pronto.

A mulher ia dizer alguma coisa, mas só balançou a cabeça e voltou para casa.

Ree ficou acocorada na sua cabaninha gelada feita de saia. Para ocupar a mente, decidiu relembrar todos os Miltons: Thump, Blond, Catfish, Spider, Whoop, Rooster, Scrap... Lefty, Dog, Punch, Pinkeye, Momsy... Cotton, Hog-jaw, Ten Penny, Peashot... chega. Chega de Miltons. Ter só alguns nomes de homem era uma tática em uso desde os tempos dos antigos, dos mascates sem rumo, os costumes que foram deixados de lado desde a época de Haslam, o Fruto da Fé, mas aos quais voltaram entusiasticamente depois que a grande mágoa surgiu entre eles e os muros sagrados tombaram e viraram pó. Se qualquer xerife ou nababo semelhante tentasse manter algum registro oficial dos homens da família Dolly, ia se deparar com uma infinidade de Miltons, Haslams, Arthurs e Jessups. Os Arthurs e Jessups eram em menor quantidade, não mais do que cinco cada, talvez, e de Haslams havia mais do que o dobro de Arthurs e Jessups. Mas o grande nome entre os Dollys era Milton, e havia pelo menos uns vinte Miltons no mundo de Ree. Se alguém desse o nome de Milton para um filho essa era uma decisão que já tentava traçar seu destino, pois entre os Dollys esse nome carregava expectativas e uma história de vida. Alguns nomes podiam dar origem a muitos caminhos e muitas direções na vida, mas Jessups, Arthurs, Haslams e Miltons nasciam só para seguir o já bastante trilhado caminho dos Dollys até o fim, viver e morrer segundo os costumes de sangue mais arraigados.

Ree e a Mãe gritaram e gritaram e gritaram contra Harold se tornar um Milton, já que Sonny já era um Jessup. Gritaram e ganharam, e Ree queria mil vezes ter brigado mais por Sonny, ter gritado mais para que ele fosse um Adam, um Leotis, um Eugene, gritado até ele ganhar um nome que lhe desse escolhas.

Seus dentes agora batiam e ela tentou dar um ritmo às batidas, controlar os arrepios numa espécie de música de mordidas. Abriu os lábios e bateu os dentes no ritmo daquela música boba e alegrinha que cantavam na escola, sobre o submarino que era amarelo e que tinha todo mundo morando dentro. Batia os dentes no ritmo e movimentava a cabeça como se estivesse alegre, mesmo dentro de sua mortalha de gelo. O capuz rangia quando ela movimentava a cabeça e rangeu quando ela ficou de pé.

A mulher estava novamente no quintal. Trazia uma caneca grande com algo fumegante que entregou para Ree, dizendo:

— Sopa, sua menina maluca. Te trouxe um pouco de sopa. Bebe e vai embora.

Ree levou a caneca aos lábios e bebeu longamente, mastigou, bebeu até esvaziar.

— Brigada.

A chuva e o gelo explodiam no chapéu e nos ombros da mulher, os respingos saltavam. Ela tocou o capuz de Ree, deu batidinhas com os nós dos dedos no gelo para quebrá-lo e tirou os pedaços com a mão.

— Ele sabe que você tava no vale, menina. Com a Megan. E na casa do Little Arthur. Ele sabe o que você quer perguntar e não quer saber de nada.

— Quer dizer que ele não vai vir aqui e nem vai dizer uma palavra pra mim? Nada?

A mulher pegou a caneca vazia.

— Se você prestou atenção no que eu disse, menina, você já tem a sua resposta. Agora vai, vai embora daqui... E não volte pra tentar falar com ele de novo. Não se atreva.

A mulher deu as costas a Ree e começou a andar lentamente de volta para a casa. Ree ficou olhando para suas costas largas e disse:

— Então, na hora do pega pra capar, essa coisa de família pra ele não vale merda nenhuma. É isso mesmo que eu entendi? Que sangue da família não significa nada pro *velho poderosão*? Então você pode falar pro velho que eu desejo que ele tenha uma vida bem longa de muita *diarreia*, ouviu bem? Diz pra ele que foi a Ree Dolly quem disse isso.

A mulher deu meia-volta, olhando furiosa por baixo da aba do chapéu, e atirou a caneca na cabeça de Ree, errando por pouco. A caneca quicou pela neve vitrificada e bateu no galinheiro. A mulher apontou um dedo para Ree e repetiu:
– Não se atreva.

———————⋄———————

Ela virou gelo enquanto caminhava. As bolotas brancas arrebentavam sobre sua cabeça e pingavam em seus ombros, parando ali, congelando e engrossando. O capuz verde havia se transformado numa cobertura de gelo, e seus ombros, em um jugo duro e frio. A estrada livre de neve tinha uma camada tão grande de gelo que estava intransitável, sem luzes de farol por perto ou a distância, então ela caminhou encurvada pelos campos de neve em direção à estrada de ferro. Suas botas esmagavam a cobertura de gelo e chegavam à neve lá embaixo, o que lhe servia de tração. Desde que desse passos firmes, podia avançar, e, quando chegou ao declive íngreme acima da estrada de ferro, sentou-se no chão e foi descendo assim pela neve.

Na estrada de ferro pôde caminhar sem precisar olhar por onde andava. Mantinha o rosto virado para baixo, evitando a umidade dos pingos que arrebentavam. Jogava as pernas compridas para a frente e as botas aterrissavam com peso suficiente para não escorregar. A chuva e a neve faziam floreios infinitos de pequenas explosões. A chuva e a neve explodiam pequenas e suas botas seguiam esmagando, e todo o resto estava em silêncio.

Havia passado pelos campos dos velhos muros caídos ao sair de Hawkfall e, ao observar aquelas pedras arremessadas com fúria, os Dollys de antigamente lhe vieram à mente, ruidosos e rebeldes, gritando, erguendo punhos cerrados. Sabia pouca coisa sobre o terrível ajuste de contas que havia acontecido dentro daquelas paredes antes consideradas sagradas, mas compreendeu lá no fundo, de repente, como essas rixas podiam surgir entre pessoas do mesmo sangue e durar para sempre. Como a maioria das brigas que nunca terminavam, aquela precisava ter começado com uma mentira. Um homem grandalhão e uma mentira.

O homem grandalhão e profeta que havia encontrado mensagens do Punho dos Deuses nas entranhas de um brilhante peixe dourado atraído com preces em um rio negro mais para o leste, perto do mar, foi Haslam, o Fruto da Fé. O peixe brilhante revelou a ele, e só a ele, os sinais, e ele seguiu o mapa desenhado nas diminutas entranhas, conduzindo todos eles através de milhares de quilômetros difíceis até chegar naquele lugar solitário, escarpado e vazio, um terreno rochoso e cansado, saudando-o como o lugar perfeito para se plantar, o paraíso ordenado pelo mapa nas entradas, enviado como o sinal do Punho dos Deuses.

Ree saiu da estrada de ferro e atravessou um campo nivelado para chegar ao morro das cavernas. O mato e a grama estavam rígidos, brilhantes e frágeis, sob uma camada de gelo, e se quebravam sob seus pés. A grama cintilante tilintava e se desfazia enquanto ela impulsionava os pés. Era fácil ver as cavernas lá de baixo, mas difícil chegar até elas. Ree se segurava às plantas para vencer o mau tempo e conseguir subir a inclinação até a abertura oblíqua que ela conhecia melhor, a caverna que tinha uma parede de pedra na entrada.

Haslam nasceu do cuspe de um deus sobre a semente de um mascate, fez-se homem por uma fé fugidia e foi enviado para o meio de seu Povo Perambulante para juntar todos os mascates e ciganos e criar um novo povo que ele guiaria para o paraíso, cujo mapa estava dentro do peixe brilhante, escolhido pelo Punho da Fé, um paraíso onde eles poderiam descansar depois de seis mil anos vagando pelo mundo e finalmente ter um lugar. A parede de pedras cobria metade da boca da caverna e era uma boa proteção contra o vento. Havia restos queimados de diversas fogueiras espalhados no chão empoeirado da caverna. Ree se inclinou e rapidamente juntou vários restos. Lenha não queimada, tocos carbonizados. Bem no fundo da caverna ela encontrou uma pequena pilha de toras mirradas. Tinham ficado ali no seco durante muito tempo e se desfizeram em suas mãos como tufos de cabelo. Mas mesmo assim pegariam fogo e ela catou os fragmentos.

Antes havia um mapa para aquele paraíso, mas algo aconteceu com o Povo Perambulante que se estabeleceu junto aos deuses: depois de apenas trinta anos o telhado daqueles novos costumes ruiu, as paredes desmoronaram, os velhos costumes voltaram ávidos depois de décadas de desdém, e o Punho dos Deuses, ressentido, voltou ao seu assento nos céus para repensar o que fez. As profecias de Haslam, o Fruto da Fé, chegaram até ela depois de várias gerações como os resmungos religiosos e roufenhos de um homem grandalhão inventando uma mentira exagerada que não fazia muito sentido e que não chegava à conclusão alguma. A causa do terrível acerto de contas de tanto tempo atrás também não estava clara, e talvez houvesse Dollys vivos que soubessem a verdade, mas ninguém falava perto dela. Tudo o que diziam é que havia uma mulher envolvida.

Ree tirou o casaco, a blusa comprida com capuz, a saia molhada. As roupas caíram pesadas, pedaços de tecido congelados. Tinha uma pilha considerável de madeira apodrecida no canto da parede de pedra, mas não tinha graveto para começar o fogo, e agora que havia saído do tempo ruim não queria de modo algum voltar. *Eram esses costumes antigos e violentos que surgiam renovados em seu mundo a cada dia e que fizeram os Dollys deixarem o sangue escorrer do coração do Pai e largarem o corpo dele em algum lugar escondido de tudo e de todos.* Sentia as botas duras feito ferro, mas não as tirou. Deslizou a calcinha pernas abaixo, saiu do círculo que ela formava no chão e depois tirou a camiseta. Nua a não ser pelas botas, agachou-se perto da pilha de lenha e enfiou a calcinha seca embaixo dos pedaços de madeira fibrosos e dos tocos queimados mais promissores. Tinha uma caixinha de fósforos e metade de um baseado no casaco. Segurou a respiração enquanto acendia um fósforo, cuidadosamente encostou a chama na beirada da calcinha e para sua felicidade viu que ela logo ficou marrom e pegou fogo.

O fogo parecia ter esperado eras para nascer, pois rapidamente passou de uma pequena chama trêmula para uma labareda flamejante. As chamas pulsavam e iluminavam a boca da caverna. A luz chegou até Ree e brilhava sobre sua pele, projetando uma sombra alta. Ela bateu os pés no chão e olhou para fora, para a floresta afogada sob o gelo. Algumas árvores sucumbiam quase a ponto de partir, algumas partiam.

Ela urinou perto da entrada para avisar os animais de que estava visitando.

Depois do terrível acerto de contas, muitos Dollys fugiram de Hawkfall para as cavernas, e aquele morro foi o local onde se reuniram para viver naquele primeiro inverno no exílio. Os Dollys de Ree pertenciam a esses primeiros Dollys. Sua família vivera acocorada naquelas cavernas durante o inverno cruel até o fim da primavera, as crianças com a respiração ruidosa, as velhas se estragando com a umidade, os homens renovando a cada fôlego aquela enorme e intensa fúria tribal que Haslam tentou, com sermões, tirar de seus corações e hábitos.

Quando o fogo vacilava, ela o corrigia com pedaços e tocos, deixando as chamas mais altas que seus joelhos. Foi se movimentando à medida que se aquecia, trocando os pés sem sair do lugar com os braços levantados, dando golpes com as mãos, pá, pá, um gancho, um golpe de direita por cima, sombras largas dando socos contra a parede da caverna.

Dá uns golpes com a esquerda pra ter abertura, menina, e depois você dá um socão com a direita pra nocautear.

A caverna era comprida e tinha pelo menos mais dois aposentos frios no fundo, mas o espaço atrás da parede esquentou bem rápido. Ree balançou as roupas, bateu nelas para tirar o gelo e espalhou tudo ao redor do fogo. Acendeu o resto do baseado. Caçadores e namorados tinham usado aquela caverna nos anos recentes e deixaram para trás seus detritos, recipientes usados e amassados, mas havia também um lixo ancestral, visível com as labaredas que ficavam mais altas. Pedaços de vários pratos brancos e frágeis, asas de canecas, um garfo comprido e manchado com dois dentes, vidrinhos azuis de perfume quebrados e latas de tinta tão finas e ressecadas pelo tempo que dava para atravessar o metal com o dedo.

Provavelmente enterraram ele em algum lugar perto dali.

Se é que o enterraram.

Ou então jogaram o corpo dele num buraco bem fundo.

Depois que anoiteceu, parou de nevar e chover. O céu se espalhou baixo e leitoso sobre todo aquele gelo. Diversas vezes Ree vestiu o casaco da Vó e foi pegar lenha no morro. O céu cor de leite e o gelo facilitavam enxergar a lenha e ela trazia tudo para o fogo, alimentava as chamas e depois deixava o casaco secando. O canto perto da parede ficou bem quente e Ree sentou o traseiro nu ali, sentindo-se estranhamente consolada ao pensar que tantos parentes com nomes desconhecidos haviam se acomodado naquele mesmo canto para se recuperar depois de se sentirem em carne viva por terem passado pela tristeza de algo que o tempo lhes tivesse aprontado.

Coiotes cantaram para ela e ela dormiu, alimentou o fogo, ouviu o barulho dos removedores de neve a distância.

Sua barriga roncou e chiou de fome, e a dor a fez ficar numa posição fetal.

A água a acordou. A bênção da luz do dia descortinou um mundo mais quente e finos filetes de água escorreram pelo morro. Aquela manhã estava mais quente do que todas as outras daquela semana. A paisagem estava ficando mais amena, mas sem derreter ainda. Um trem de carga passou pela estrada de ferro do outro lado do campo, varrendo a neve do caminho de volta.

Ele lutaria se soubesse que estavam vindo atrás dele. E talvez houvesse alguém ferido com ele também.

Ela ficou de pé sob o sol e se espreguiçou, o belo corpo comprido se contorcendo à boca da caverna. Foi até a água que escorria da pedra acima da abertura da caverna, pôs as mãos em concha sob o filete e bebeu e bebeu durante um bom tempo a água nova que caía.

---◇---

Encostas cerzidas a gelo se desfaziam. O gelo escorregava de tudo, galhos, gravetos, tocos, pedras, e descia numa cascata que tilintava até o chão. A névoa levantou do chão para ficar acima dos trilhos, mas não muito acima da cabeça dela. Névoa que parecia lágrimas esfregadas no rosto. Ela podia ver o céu, mas seus pés continuavam enevoados. Os dormentes robustos dos trilhos, agora úmidos, soltavam um cheiro de betume, e ela ia chutando os passos de um dormente molhado ao seguinte, sentindo o cheiro de betume na névoa e ouvindo o gelo tilintar nas árvores ou descer escorregando até se espatifar. Limpou com a mão a névoa molhada feito lágrimas no rosto e ajustou bem o capuz. As formas de gelo maiores caíam com um baque surdo. A água derretida lá no alto fazia diminutos escoadouros dentro da neve e descia morro abaixo. Som de gelo e de água e das botas. Numa ponte sobre um riacho congelado, ela parou para olhar para baixo. Tentou enxergar através da pele entrecortada do gelo as profundezas da água que corria. Estranhamente, ficou ali parada, só olhando, parada, só olhando, até entender que seus olhos procuravam um corpo embaixo daquele gelo, e então ficou de joelhos e chorou, chorou até as lágrimas escorrerem em seu peito.

———◆———

Em casa, ela dormiu, e quando acordou o sol caía vermelho no oeste e todo mundo queria comida. Jogou água no rosto na pia da cozinha, secou-se com um pano cheio de resíduos. Em cima do fogão, uma panela com comida de aparência esquisita que ela não sabia identificar, uma criação dos meninos para o jantar do dia anterior. Tinha cheiro de sopa, mas parecia purê de batata ensanguentado. A Mãe estava em sua cadeira de balanço, abraçada a uma colher de madeira, e os meninos estavam sentados vendo televisão, enrolados em cobertas, vendo um programa de jardinagem que dava dicas sobre como cultivar fileiras e mais fileiras de plantas sofisticadas que ninguém comia.

– Ei – disse ela –, o que é isso aqui na panela?

Harold veio até ela com a coberta sobre a cabeça, só o rosto aparecendo. Olhou dentro da panela, cheirou, fez uma careta e depois franziu a testa.

– Era o jantar. Eu e o Sonny fizemos quando você não veio pra casa. A Mãe disse que a gente fez demais.

– E o que que é isso?

– "Paguete".

— Então é isso? E como é que vocês fizeram?
— Com sopa de tomate e macarrão.
— Mas tá grudento demais. Vocês cozinharam o macarrão separado ou na sopa?
— Na sopa. Pra que sujar duas panelas?
— Mas não é assim que faz *espaguete*. Tem que cozinhar o macarrão separado.
— Mas aí tem duas panelas pra lavar.

Ree apertou-lhe a bochecha, abriu o armário, remexeu nas poucas latas e disse:

— Acho que não dá pra gente salvar essa gororoba com nada aqui. Joga fora atrás do celeiro.

Ree colocou a frigideira preta grande em cima do fogão e acendeu. Pegou a lata de banha de porco da prateleira de baixo da geladeira, tirou uma ou duas xícaras e pôs na frigideira. Limpou batatas e cebolas, fatiou e colocou tudo na gordura sibilante. Pôs sal e pimenta e o cheiro chegou até a sala, chamando Sonny até a cozinha.

— Eu podia comer tudo isso aí sozinho — disse Sonny.
— Pega isso aqui e vira elas quando...

Passos rápidos na varanda, a porta se escancarou e lá estava Blond Milton apontando-lhe o dedo, dizendo:

— Olha, tem gente por aí dizendo que é melhor você *calar a boca* — Blond Milton era velho em idade, mas não em modos, tinha ombros quadrados, sem barriga, cabelos claros, pele avermelhada, e quase sempre usava camisas pomposas de caubói com calças jeans engomadas e passadas com risca.

Quase sempre estava de barba feita, com talco, cheirando a loção pós-barba de *bay rum* e armado com duas pistolas. – E é gente que você devia ouvir – continuou ele. Segurou a porta e fez um gesto para que ela o seguisse até lá fora. Ela pegou o casaco e foi com ele até a varanda. Ele a empurrou dos degraus e a fez cair nas pedrinhas de gelo que tinham caído do beiral do telhado durante o dia. – Levanta a bunda daí e entra na caminhonete. Anda logo.

Harold e Sonny estavam na porta observando quando ela ficou de pé. Harold estava boquiaberto e Sonny estava com a testa franzida. Ele deu um passo à frente e disse:

– Você não pode bater na minha irmã.

– Por acaso eu te bati, Sonny? Porque se você quiser eu bato.

– Meninos! Voltem pra dentro. Cozinhem as batatas até elas ficarem douradas. Cozinhem direitinho, Harold, e aí não esquece de apagar o fogo. Vai lá.

Sonny desceu dois degraus e disse:

– Ninguém bate na minha irmã a não ser o irmão dela.

Blond Milton ficou até feliz ao ver seu filho Sonny parado ali, desafiante, com os punhos cerrados, de queixo levantado. Deu um sorriso torto e cheio de orgulho, e então se aproximou e deu um tapa certeiro no rosto de Sonny. O tapa fez Sonny cair de bunda no chão.

– É bom ter colhões, Sonny, mas não deixa isso te fazer de idiota – disse Blond Milton.

Bolhas de sangue brotaram nas narinas de Sonny e escorreram para os lábios.

— O Pai vai te matar por isso — disse Ree.

— Rá, eu dava umas duas surras por ano no teu pai quando *ele* era criança.

— Você *nunca* bateu nele *na vida* quando ele já era homem feito! Não quando ele não tava drogado demais pra conseguir revidar.

Blond Milton agarrou Ree pela manga do casaco e a puxou para a caminhonete.

— Fecha essa matraca e entra aí. Preciso te mostrar um lugar.

Ele dirigiu rápido pela estrada de terra, virou na direção oeste quando chegou ao asfalto.

O cheiro de loção pós-barba enchia a cabine da caminhonete e Ree abriu a janela. Era uma picape grande, uma Chevy branca com capota vermelha de acampamento. Havia um colchão na caçamba. Blond Milton dirigia uma caminhonete com um colchão na caçamba e capota de acampamento, mas nunca acampava, e a mulher dele odiava aquela caminhonete, mas nunca dizia isso a ele. Ele era o chefe do grupo que cultivava maconha e fazia *crank* e que quase sempre incluía Jessup, sempre tinha dinheiro, e as pessoas diziam que ele era o Dolly que anos atrás tomou a iniciativa de atirar nos dois palhaços ciganos que vieram do sul, de Kansas City, achando que a reputação de motoqueiros barulhentos e arruaceiros os deixaria se intrometerem nos assuntos daqueles caipiras e assumir o controle.

— Pra onde a gente tá indo?

— Pegando a estrada.

– Pegando a estrada pra onde?

– Prum lugar que você precisa ver.

Passaram por densas florestas e cordilheiras de neve. O sol estava atrás dos morros, a última luz no oeste fazia um céu de quatro tons de azul, e as árvores esqueléticas nos cumes altos pareciam catatônicas de alívio. Corvos pousados nos galhos eram como botões negros no crepúsculo.

Logo depois da ponte de mão única que atravessava o riacho Egypt, Blond Milton acelerou a caminhonete numa subida cheia de lombadas e seguiu uma estradinha sinuosa. Foi dirigindo até chegar ao caminho que levava a uma casa perto dali e parou. A casa havia queimado. Três paredes e parte do telhado ainda estavam de pé, mas as paredes estavam negras e o telhado havia explodido no centro, e tinha pedaços caídos em várias direções.

– Por que você parou aqui? Cara, de jeito nenhum que eu vou com você praquela caçamba!

– Você acha que eu vim aqui pra trepar com *você*?

– Se for, você vai fazer isso comigo morta! Só assim!

– Caramba, mas você é um caso sério, sabia disso? Para de reclamar um pouco e me ouve – disse Blond Milton, virando-se para ela. – Eu parei aqui pra te mostrar aquela casa ali. – Estava quase escuro, mas a paisagem de neve havia absorvido a luz, então a casa continuava visível. Ele continuou: – Aquele ali é o último lugar que eu ou qualquer outra pessoa viu o Jessup. Os outros caras tavam fora fazendo umas coisas e quando voltaram foi isso que eles viram, só que tava pegando fogo.

Ree olhou para a casa em ruínas, o telhado lascado, a madeira carbonizada, as paredes enegrecidas.

– Ele nunca explodiu nenhum laboratório antes.

– Eu sei. Mas alguma coisa deve ter dado errado dessa vez.

– Ele tem fama de *nunca* explodir laboratório e de *nunca* fazer um lote ruim. Ele tem fama de saber o que faz.

– Mas se a pessoa fica fazendo *crank* por muito tempo, mais cedo ou mais tarde isso acontece.

Ree abriu a porta, tirou um pé para fora e perguntou:

– Você tá dizendo que o Pai tá ali, completamente queimado?

– Eu tô dizendo que esse foi o último lugar que eu ou qualquer outra pessoa viu ele. É só isso que eu tô dizendo.

Ela saiu do carro, os olhos firmes na casa, as botas na neve.

– Vou lá dar uma olhada.

– Ô, ô, peraí! Não vai, não! Volta aqui. Tudo ali é *veneno*, menina. É *tóxico*. Come a pele toda até chegar no osso e é capaz de derreter o osso também. Vai transformar os teus pulmões em papel e *deixar furos* neles. Nem chega perto daquela casa, caramba.

– Se o Pai tá lá, morto, eu vou pegar o corpo dele pra levar pra casa e enterrar.

– Mas que diabo, fica longe daquela casa!

A neve no caminho da casa não tinha pegada alguma de bota, casco ou garra. Ree apressou-se, subindo o leve aclive, olhando de relance para trás. Blond Milton não foi atrás dela e então ela diminuiu o passo. Mantinha-se distante das paredes, começou a circular a casa só na neve. Uma das paredes havia voado para o quintal. As janelas haviam explodido e os batentes estavam pendurados, enegrecidos, ainda com estilhaços de vidro. A madeira carbonizada fedia. Havia outros odores acres. Ela circulou por entre a neve acumulada até chegar aos fundos. Havia uma pilha de lixo com neve por cima. Garrafões de vidro marrom, funis quebrados, garrafas de plástico branco, uma mangueira de jardim. Foi avançando devagar entre a pilha de lixo e a casa. Conseguia enxergar o suficiente. A pia da cozinha havia ficado soterrada entre as tábuas do assoalho, que caíam na terra do chão, e a torneira aparecia em meio à madeira enegrecida. Ramos de voadeira, brancos de neve, já na altura do queixo, crescendo nos buracos do assoalho. Um relógio de parede redondo havia fritado até ficar preto e derreter com o calor e se transformar numa poça sobre o fogão. O fogão estava metade em um buraco no chão e metade entre... voadeiras. Voadeiras, brancas de neve, já na altura do queixo, crescendo nos buracos do assoalho.

Ree afastou-se com cuidado da casa, deu meia-volta e voltou com passos rápidos até Blond Milton.

– A gente pode ir.

– Você fez bem em não entrar lá.

– Você me mostrou o lugar, a gente já pode ir.

– É sempre ruim quando essas coisas explodem. Eu e o Jessup, a gente pode ter tido nossas brigas, mas ele era meu primo de primeiro grau. Eu vou te ajudar no que puder.

Ela não falou nada durante todo o trajeto de volta para casa. Forçou-se a não falar. Ficou contando os celeiros, contou as estacas das cercas, contou os veículos que não eram picapes. Mordeu os lábios e pressionou as mandíbulas, contando e se distraindo, sentindo um leve gosto de sangue.

Blond Milton pegou a estrada que levava para o seu lado do riacho. Estacionou perto das três casas. Eles saíram e ficaram perto da caminhonete.

— Sei que perder o Jessup deixa todos vocês numa situação difícil. Sei que é muita coisa pra lidar. Coisa demais, até.

— A gente se vira.

— Eu e a Sonya conversamos e a gente acha que podemos pegar o Sonny pra criar. Não o Harold, acho, mas dá pra pegar o Sonny. É o nosso jeito de ajudar.

— Vocês *o quê?*

— A gente pode pegar o Sonny e terminar de criar ele.

— Vai merda nenhuma.

— Olha como fala comigo, menina. A gente ia criar aquele menino melhor do que aquela mãe sua consegue, com certeza. Talvez depois de um tempo a gente pega o Harold, também.

Ree começou a caminhar com raiva para a pontezinha estreita. Ele a agarrou pelo braço por trás, mas ela se desvencilhou. Na ponte plana, ela parou e gritou:

— Seu desgraçado! Pode ir pro inferno e queimar lá na sua própria banha! Sonny e Harold vão morrer morando numa merda de caverna *comigo e com a Mãe* antes de passarem uma única noite com *você*. Caramba, Blond Milton, você deve achar que eu sou uma imbecil ou algo assim! Tem voadeira crescendo *até a altura do queixo* naquele lugar!

Ree bateu a porta atrás de si, passou pisando forte pelos meninos e foi com passos barulhentos até o armário em seu quarto. Esticou o braço por trás das camisas e vestidos pendurados até o canto escondido no fundo e tirou de lá duas armas compridas. Colocou no bolso do casaco da Vó as caixas dos projéteis. Ninou as armas nos braços, fez um gesto de cabeça para os meninos a seguirem e os levou até a varanda lateral. Acendeu a luz da varanda, encostou as armas contra o balaústre e começou a carregar.

– Eu não sabia direito quando é que vocês iam precisar saber atirar, mas acho que chegou a hora. Agora é a hora de vocês começarem a aprender a atirar naquilo que *precisa* levar tiro. Ponham umas latas e coisas do tipo naquele morro ali. Coloquem elas em pé pra elas caírem quando vocês atirarem.

Sonny e Harold obedeceram, saltitantes de alegria. Vasculharam ávidos a pilha de lixo e começaram a dispor os alvos no declive de neve. O clarão da luz da varanda projetava sombras compridas e ameaçadoras atrás dos alvos.

– Nada de garrafa – disse ela. – O vidro vai escorrer pro quintal na primavera e vai ficar cortando o pé de vocês o verão inteiro. Só lata ou plástico, coisas assim.

Uma das armas era uma espingarda de calibre 20, com dois canos e coronha cor de creme, herança de família, extremamente bonita. A outra era um rifle calibre 22, velho e abusado, com uma coronha remendada com parafusos de latão, um rifle semiautomático com capacidade para dezesseis tiros. Ree tinha aprendido a atirar com aquelas armas, com o Pai nos campos, e gostava muito delas por causa disso. A espingarda era a coisa mais bonita que ela tinha e já a havia usado para caçar coelhos, pombas e codornas. O rifle servia para pegar esquilos nas árvores, rãs nas lagoas e matar os tatus que faziam buraco no quintal.

Ela segurou a espingarda e disse:

– Este gatilho dispara este cano e este dispara este. Raramente vocês vão precisar dos dois ao mesmo tempo, mas se o que vocês precisarem atingir for *grande e malvado*, vocês puxam os dois gatilhos e dão cabo da desgraça. Pra essas latas e coisas aí, vocês só precisam atirar um de cada vez.

Começou a ensinar os dois com a espingarda. Deixou os braços dos dois firmes e guiou seus dedos no gatilho. A neve saltava onde eles atiravam e cada tiro coiceava o atirador para trás.

– Vocês podem achar que não dá pra errar com uma espingarda, mas dá. Vocês têm que mirar bem.

– Caramba, é bem alto! – disse Harold.

– Arrã, é mesmo, não é?

Os meninos atiraram no morrinho de neve até cansar. Explodiram latas, caixas de leite, caixas de papelão, e cada explosão espalhava de leve a neve e a terra ao redor. Atiravam, *bum, bum, clic, clic, clic*, e o cheiro dos tiros se espalhava pelo ar. Ree dava sugestões, acariciava cabeças, recarregava armas. Contou projéteis e deixou os meninos atirarem até sobrar só um punhado para cada arma.

– Pronto – disse ela. Satisfeita, esticou os braços para a noite e assentiu com a cabeça enquanto aspirava o cheiro dos tiros. – Já fizemos bastante barulho por enquanto.

Sonny foi até o morrinho e começou a chutar os alvos atingidos. Pisoteou em latas até achatá-las e chutou as caixas furadas para o escuro, dando um pequeno salto de uma vítima para a seguinte, cantarolando enquanto seus pés punham fim aos feridos.

– Cara, isso de atirar é muito legal! – exclamou Harold.

– Às vezes é.

– Quando é que a gente vai poder atirar de novo?

– Vou tentar comprar mais balas em Bawbee logo, logo.

Sonny parou no meio do ato de pisar numa lata, olhou na direção da lateral da casa e de repente começou a se dirigir para lá.

– Ei, quem é que tá vindo ali?

Ree saiu da varanda levando a espingarda alinhada ao corpo e Harold foi atrás, carregando o rifle. O som de passos se aproximando, esmagando a neve, continuou. Um vulto encurvado se aproximava da casa lentamente pelo quintal lateral, trazendo algo volumoso.

O vulto viu Ree, os meninos, as armas, parou, tentou levantar os braços, mas não conseguia erguer a coisa volumosa acima da cabeça, e disse:

— Caramba, Florzinha! Sou só eu e o Ned! Por que diabos tá todo mundo armado?

Ao ouvir aquela voz, Ree interrompeu seu andar tenso e correu alegremente para perto de Gail. Segurava a espingarda baixa e se inclinou para beijar o topo da cabeça de Gail. Riu, deu-lhe um empurrãozinho de brincadeira e disse:

— Eu *sabia* que você não ia ficar engolindo sapo por muito tempo! Eu conheço você muito bem. Sabia que você ia perceber e ia aparecer aqui pra me ajudar. Eu *sabia*!

Gail tocou a espingarda com a mão livre e ergueu o cano até a arma ficar apontada para cima.

— Mas que diabos tá acontecendo? — perguntou.

⸻ ◆ ⸻

Um festival de palavras saía da boca de Gail, e Ree ia catando todas e saboreando lentamente. Os sentimentos de Ree viajavam do presente e seus sentidos iam parar em tantos pontos especiais no tempo ao ouvir aquela voz, o leve cecear, o tom liquefeito, a fala arrastada e mansa do povo das montanhas. Ela só assentia, deixando-se levar, distraída enquanto mexia com o garfo as batatas fritas que saíram da frigideira negra. Parou com o garfo no ar, entre a boca e a frigideira.

– Ele me disse que queria ir lá ver a torre de caça dele, dá pra acreditar numa coisa dessas? Com toda essa neve e esse gelo ele decide, no meio da noite, que precisa ir até Lilly Ridge naquele instante pra checar a porcaria da torre de caça dele. *De novo*. – Gail estava sentada numa cadeira da cozinha e Ned estava sobre a mesa, quieto dentro de um transportador de plástico com uma alça fina e móvel. No chão, uma grande bolsa azul flexível com alça de ombro, cheia de coisas de bebê. Gail continuou. – Eu sei que quando ele diz *torre de caça* ele sai pra trepar com a Heather. Pra onde mais ele iria? Ninguém precisa ficar checando a torre de caça duas vezes por semana. E *de noite*. Dizer *torre de caça* só pode significar... É ela que sempre foi a namorada dele. Que ele sempre amou. É ela que ele sempre quis. Eu sou só o que ele tem.

O garfo chegou à boca de Ree e ela engoliu e suspirou ao mesmo tempo. Espremeu mais ketchup no restinho marrom pregado no fundo da frigideira, raspou. Disse:

— Eu acho que ele tem muita sorte de ter você, Florzinha. Sempre achei isso.

— Ele ama a Heather. Eu e o Ned somos só o prêmio de consolação que ele tem que aguentar em vez daquilo que ele quer — disse Gail. Ergueu a cabeça, encolheu os ombros e então deu um risinho abafado. — Mas o Floyd não é de todo ruim, sabe. Ele é só um mentiroso que não se preocupa em inventar mentiras que dá pra engolir.

— Esse é o pior tipo. Eles mentem pra você e te chamam de idiota ao mesmo tempo, no mesmo fôlego, com as mesmas palavras.

— Eu sei, eu sei. Mas, enfim, que se danem ele e a maldita torre de caça dele. E você e os seus problemas?

Ree lambeu o garfo até ele ficar brilhando e o deixou cair na frigideira, limpou os lábios com dois dedos. Fez um gesto com a mão na direção dos meninos, balançou a cabeça e disse:

— Não quero falar aqui.

— Ainda tá precisando ir até Reid's Gap?

— Tô. Pode ser o último lugar que vale a pena checar.

Sorridente, Gail chacoalhou um chaveiro e disse:

– Consegui pegar a caminhonete velha dos meus sogros.
Ree sorriu e disse:
– Você é quem eu sempre achei que fosse, Florzinha. De verdade. – Inclinou-se e começou a desfazer os cadarços das botas. – Deixa só eu colocar umas meias secas e a gente vai.

Os meninos assistiam à televisão, algum programa sofisticado sobre dândis que falavam com sotaques diferentes e tinham carruagens bonitas e casas que pareciam castelos. A Mãe estava sentada na cadeira de balanço, fitando com surpresa o bebê, e parecia refletir com grande dificuldade, seu rosto cansado indo de lampejos de desconfiança à culpa, como se estivesse tentando arduamente se lembrar se talvez não tivesse dado à luz mais um filho que de alguma maneira tivesse lhe escapado à memória. Gail lanchava uns biscoitos em forma de bichinho de uma pequena caixa dentro da bolsa azul. Ficou observando o rosto da Mãe enquanto mastigava. Esticou o braço para tocar o da Mãe, chamar sua atenção.

– Este aqui é o meu filho, o Ned.
– Ah, é? Minha memória é tão ruim que não lembro.
– Arrã, é sim. Tem muito tempo que eu não vejo a senhora, né? Como vai *a senhora*? Tá tudo *bem*?
– Do mesmo jeito.
– Só do mesmo jeito?
– Do mesmo jeito, mas diferente.
– Bom, o seu cabelo tá bonito.

Ree ficou de pé, deu chutes com as botas contra o forno para ajustá-las melhor e disse:

– Mãe? Mãe, a gente precisa ir até Reid's Gap um pouco. Encontrar uma pessoa.

O rosto da Mãe se acalmou e ela desviou o olhar do bebê e voltou a se fixar na televisão. Uma grande matilha de cães de caça estava reunida numa rua de ladrilhos molhada, em frente a uma antiga capela; estavam sendo abençoados para a caçada por um reverendo abatido mas falastrão, enquanto homens de casacos vermelhos, altivos sobre seus belos e inquietos cavalos, aguardavam o "amém". Ela disse:

– Divirtam-se.

A noite fria havia criado um gelo fino sobre os degraus. Gail carregava Ned no transportador e Ree a segurava pelo braço enquanto elas desciam para a caminhonete. Era uma picape velha, com uma marcha comprida e vacilante que saía direto do assoalho e um assento comprido, já gasto e com as molas e o estofamento peludo aparecendo. Gail deitou Ned no meio e Ree se sentou ao lado dele. O motor acordou com um coice alto e a fumaça preta do escapamento deslizou baixa pelo quintal cheio de neve.

A lua era um ponto azul brilhante atrás das nuvens sombrias.

– A sua mãe sabe o que tá acontecendo? – perguntou Gail.

– Acho que não.

– Não acha que devia contar pra ela?

– Hã-hã.

– Por que não?

– Seria muita maldade contar pra ela. Isso é exatamente o tipo de merda que deixou ela doida, foi dessas coisas que ela fugiu.

– Acho que ela não tem como fazer nada mesmo.

– Não, não tem. Só eu posso.

A caminhonete quicava alto pela estrada de terra e se inclinava para lá e para cá. A neve agora estava mais compacta e mais fina pelo tempo mais quente, mas havia buracos no chão de pedra e na terra, por onde Gail precisava passar mais devagar. Havia um monte de buracos mais rasos e as enchentes da primavera tinham criado veios na terra que chegavam à altura da calota. Ree equilibrava o transportador de Ned com a mão esquerda.

– Essa estrada de vocês piora tanto que daqui a pouco nem dá mais pra chamar de estrada – disse Gail.

– Você diz isso desde a terceira série.

– Bom, era verdade na terceira série e de lá pra cá só fica ainda mais verdadeiro.

– A gente gosta assim. Assim os turistas não aparecem.

– Essa piada velha aí o seu pai me contou da primeira vez que eu vim dirigindo pra cá.

– Mas acho que ele tava falando sério.

– Acho que devia estar mesmo – disse Gail. No asfalto, parou até os pneus cantarem. – Pra que lado fica esse lugar?

– Vai indo na direção de Dorta, depois pega a estrada que vai pro sul, depois de Strawn Bottoms. Você sabe qual é, não sabe? Aí é só ir em frente um pouco depois da divisa.

– Ah, acho que talvez eu *já* tenha ido lá. Não é aquele lugar dos mirtilos? Aquele onde você mesmo colhe as frutas?

– Isso. Eles têm acres e mais acres de mirtilo. Mas quando eu fui pra lá nunca fiquei pegando mirtilo.

Ned balbuciava e fazia seus sons de bebê, abria os olhinhos lentamente e os fechava na mesma velocidade. Usava um chapeuzinho atado no queixo e estava enfaixado por um cobertor azul da cor do céu. A caminhonete cheirava a talco de bebê, leite babado e ressecado no cobertor e bituca velha de cigarro no cinzeiro. Quando os faróis passavam na direção contrária e Gail apertava os olhos, sua mão instintivamente cobria os olhos do bebê.

– O meu pai apareceu ontem – disse Gail. – Me trouxe umas coisas e roupas minhas, e eu perguntei pra ele se ele sabia onde o seu pai podia estar. Ele não queria me olhar na cara quando eu perguntei, então eu perguntei de novo e tudo o que ele disse foi "Vai cuidar do seu filho".

– Eu sei, Florzinha.

– Me deu uma sensação ruim quando ele respondeu desse jeito.

– Ele deve estar certo.

Ree mantinha uma das mãos no bebê e os olhos em Gail. Os carros que passavam a iluminavam atrás do volante em intervalos rápidos e faiscantes, os lábios benfeitos e de expressão sardônica, as maçãs do rosto altas e sardentas, aqueles olhos castanhos tristes. Ficou observando a mão de Gail ir do volante à marcha enquanto a estrada subia e descia e serpenteava pelo interior escuro. Viu a mão dela ir até Ned e tocar seu nariz de bebê quando cruzaram o rio Twin Forks numa ponte que era um esqueleto de ferro e puderam ouvir a água fria cantando enquanto corria na direção sul.

– É essa estrada aqui, não é? – perguntou Gail.

– Isso.

Na primeira vez que Ree beijou um homem, não foi um homem, e sim Gail fingindo ser homem, e à medida que os beijos foram aumentando, Gail fingindo ser homem empurrou Ree num tapete de folhas de pinheiro à sombra e enfiou a língua bem no fundo da boca de Ree, Ree viu-se sugando a língua serpeante de homem em sua mente, chupando aquela língua de homem até sentir gosto de café tomado de manhã e charuto e a saliva sair de seus lábios e escorrer por seu queixo. Ela então abriu os olhos e sorriu, e Gail, ainda agindo como o homem, apertou seus seios com força, agarrando e beliscando, beijou seu pescoço, sussurrando, e Ree disse *"Bem assim! Eu quero que seja bem assim!"*. As duas passaram umas três estações rindo e praticando, dispostas a beijar sempre que se encontravam sozinhas, cada uma fazendo o papel do homem e da mulher por vez, uma em cima e a outra embaixo, empurrando e grunhindo ou recebendo e gemendo. A primeira vez que Ree beijou um menino que não era uma menina, os lábios dele foram macios e tímidos nos seus, secos, imóveis, até que ela finalmente precisou dizer, e disse, *"Língua*, querido, *língua"*, e o menino que ela chamou de querido virou o rosto e disse *"Eca!"*.

Havia cinco ruas e duas placas que diziam "pare" em Reid's Gap. A neve estava alta no estacionamento da escola de ensino fundamental e a loja de conveniência era o único lugar com as luzes acesas. Havia um depósito cheio de carros acidentados perto da estrada que se estendia pela cidadezinha, e aqueles troféus da má sorte de diferentes eras se alastravam amassados morro abaixo, até sumirem da vista. Placas fincadas no chão em determinados pontos anunciavam vendas de bazar e cartazes grudados em postes de linhas telefônicas anunciavam as Quadrilhas do Slim Ted às terças-feiras, em Ash Flat. Havia duas igrejas em cada extremidade da cidade e um centro para idosos sem janelas no meio.

– A casa dela é amarela, perto dessa estrada aqui – disse Ree. – Acho que não fica muito longe. É um lugar bem bonitinho. Espera... Vira aqui.

– Mas você disse que era amarela.

– Ela deve ter pintado.

April Dunahew tinha uma cerca de ferro na frente do quintal que dava para a entrada dos carros. Uma roseira debruçava-se sobre a calçada, agora livre de neve, e as luzes da casa estavam acesas. A casa agora estava pintada de um branco simples, com venezianas verdes. Sempre-vivas retorcidas cresciam baixas em torno da casa. Estacionados na entrada, um carro pequeno e uma picape comprida, com um nome de alguma loja na lateral. A porta tinha um sino que fazia música com quatro tons.

A luz da varanda acendeu e a porta abriu. April usava um vestido preto solto que ia até os tornozelos e óculos pendurados numa correntinha brilhante. Seus cabelos loiros estavam encaracolados e ela sorriu. Disse:
— Você é a...?
— A Ree. Eu mesma.
— Você cortou o cabelo!
— Cansei dele batendo na bunda, ficava me atrapalhando o tempo todo.
— Eu *adorava* aquele cabelão seu. Simplesmente adorava.
— Ah, mas não era você que tinha que tirar aquele monte de folha dele toda noite que nem eu. Além do mais, já cresceu bastante desde a primavera. April, essa moça aqui é a Gail Lockrum, e esse é o filhinho dela, o Ned.
— Você vive esquecendo que agora é Gail *Langan*.
— Opa, esqueci de novo. Ela casou. Com um Langan.
— É bom casar quando se tem uma criança — disse April.
— É o que eu acho. Bom, é o que eu penso, pelo menos. Por que vocês não entram?
— Eu vim atrás do meu Pai.
— Eu imaginei.
Aquela era, de longe, a casa mais agradável em que Ree já tinha entrado. Tudo estava no lugar e tudo era limpo. A mobília era cara e havia estantes embutidas elegantes nas laterais da lareira e vários pequenos toques especiais. Uma cristaleira de madeira trabalhada encostada na parede exibia diversos objetos delicados de vidro de infinitas cores

estranhas e formatos complicados. Uma escada recurva levava ao andar superior e os degraus de madeira eram lustrosos. Na sala de estar havia uma televisão ligada e a cabeça de um homem era visível acima da linha do sofá. April fechou uma porta dupla de venezianas para abafar o som da TV.

– Bom, você sabe que eu e o Jessup não nos vemos há um bom tempo.

– Eu imaginei, mas pensei que talvez você soubesse algumas coisas.

– Bom, pode ser que eu saiba. Eu andei pensando... – April esticou a mão para debaixo do sofá e tirou de lá uma bandejinha de metal com um pequeno montinho de maconha e um cachimbo. – Vou precisar relaxar um pouquinho pra falar disso, Ree. Espera um pouco.

A época em que ela tinha ficado cuidando de April parecia uma música murmurada e longínqua. April tinha certas ideias na cabeça que já eram birutas naquela época. April estava vomitando água todos os dias de manhã, até que um dia ela levantou cambaleando e foi tratar dos espíritos ruins da casa com vapores de sálvia, foi deixar a casa bem para que ela mesma ficasse bem. Ficou carregando uma chaleirinha azul cheia de areia com um feixe de sálvia em brasa e direcionou a fumaça para os cantos e as portas, com os olhos fechados, balbuciando coisas, o que dava uma pompa religiosa aos poderes da fumaça. Fumegou névoas para que a casa se purificasse dos ódios, dores e ideias ruins que persistiam nas sombras impregnadas nas paredes. Abanou a fumaça para que a casa ficasse bem e assim ela mesma ficasse bem, e a casa ficou fedendo a sálvia e o bem-estar passou das paredes para sua barriga, e na manhã seguinte ela não vomitou nem a água que bebia. Na hora do almoço já tomava vodca de uma xícara de café.

– Você ainda anda bebendo muito?

– Não, não. Parei com aquilo. Hoje em dia só bebo cerveja e fumo um pouco disso aqui.

O cachimbo passou de mão em mão pela sala algumas vezes enquanto o homem que assistia à TV roncava e Ned dormia. A fumaça desenrolava-se para o teto e se espalhava numa camada achatada e serena logo abaixo da lâmpada.

– Mais ou menos quando o Jessup foi preso da última vez, as coisas entre a gente meio que voltaram – disse April. – Eu já tinha começado a sair com o Hubert ali uns meses antes. Ele é um bom sujeito, a gente foi feito um pro outro e tal, eu acho, mas o seu pai sempre me divertiu muito, você sabe. Eu e o Jessup nos encontramos totalmente por acaso naquele lugar de pescar truta em Rockbridge, e ele me fez rir tanto que os bons tempos voltaram durante um ou dois dias, mas depois tudo desapareceu. Depois disso eu não vi nem cheiro do seu pai, mas acho que umas três ou quatro semanas atrás eu parei no Cruikshank's Tap, na divisa do estado, e lá estava ele bebendo com três sujeitos que pareciam mais perigosos que ele. E eles não pareciam estar se divertindo, não, e nem a fim de se divertir.

– Por acaso um deles era um baixinho meio sujismundo?

– Todos tinham uma aparência meio suja.
– O Pai falou alguma coisa?
– Foi isso que me fez ficar tão desconfiada e triste desde então. Ele me olhou na cara mas agiu como se não me conhecesse, como se nunca tivesse me visto na vida. Saíram todos juntos e eu fiquei no caminho deles, na porta, mas ele passou perto de mim sem nem fazer um aceno de cabeça. Tinha algo de muito errado com aqueles caras. Algo de muito errado tava acontecendo, e desde então eu fico remoendo aquilo e pensando por que ele não me cumprimentou. Ao me ignorar, ele tava me protegendo. Foi aí que eu entendi que o teu pai me amou um dia. Entendi pelo modo como ele virou a cara.

◆

Pedras há muito presas nas encostas escorregaram com a neve derretida e se espalharam morro abaixo, nivelando um dos cantos de um chiqueiro; cinquenta porcos acordaram no meio da noite e se embrenharam pelo buraco para o meio da estrada. Os porcos eram grandes, curiosos, e foram fuçando até a ponte e ficaram por lá, bloqueando o trânsito. O rio Twin Forks corria negro e frio, mas com listras amarelas que dançavam rápidas, causadas pelos faróis. Uns três ou quatro carros tiveram de parar dos dois lados da ponte. Um fazendeiro e sua esposa, com o auxílio de lanternas, paus e um cachorro, tentavam desviar os porcos e fazê-los voltar para a abertura na cerca.

– Lembra quando a gente era pequena? – disse Gail. – Quando o Catfish Milton tinha uma criação de porco e falaram pra gente ir lá uma vez dar milho pra eles, mas a gente não entendia *como é que porco podia* comer milho direto do sabugo sem ter mão, então eu e você sentamos feito duas patetas e ficamos ralando *aquele milho todo*? Lembra disso?

– Lembro.

– A gente achou que tava sendo esperta. Acho que os meus dedos ficaram doendo um mês.

– Eles ficaram rindo da gente um bom tempo por causa daquilo.

A caminhonete era a primeira na fila do lado sul da ponte. Os porcos pareciam grandes corcundas que roncavam e vagavam pela ponte e pelo acostamento. Alguns dos motoristas saíram para ajudar o fazendeiro e a mulher, mas os porcos farejaram algo fresco na noite, e não estava sendo fácil tirá-los dali. Ned começou a chorar e Gail disse:

– Tá com fominha, não tá? Tá com vontade de leite e já tem tempo que a mamãe não dá o peito.

– Você vai dar o peito pra ele aqui?

– Por que não? Eu não produzo tanto leite quanto devia, mas o pouco que eu tenho ele toma, e ele tá com fome agora.

Gail desabotoou e abriu a blusa. Tirou o fecho do sutiã e o deixou solto sobre a barriga. Tirou Ned do transportador e a boquinha rosa grudou num mamilo. Ree inclinou-se para ver mais de perto os lábios do bebê mamando e os seios nus e pesados e disse:

– Nossa, esses peitos ficaram grandes, hein!

– Mas eles não vão ficar assim.

– Eu me sinto uma puta de uma tábua olhando pra eles!

– Eles vão murchar rapidinho.

– Você devia tirar uma foto antes disso.

– Acho que devia, mesmo. Eles podem ficar bem murchos quando voltarem a ficar pequenos.

Ree ficou olhando Gail segurar Ned o mais próximo que alguém poderia segurar outra pessoa, dar a ele o jantar, que era parte de seu próprio corpo, e viu neles a imagem de um futuro. Um futuro que pairava sobre ela, e não era o futuro que queria. A boquinha de bebê de Ned sugava e sugava aquele mamilo como se quisesse sugar Gail até os ossos.

– Acho melhor eu ir lá ajudar a tirar aqueles porcos da estrada – disse Ree. – Do jeito que tá indo, a gente vai ficar aqui a noite inteira.

– Cuidado pra eles não te comerem.

– Duvido que minha carne seja tão boa assim.

Os porcos saíam agitados e grunhindo até o fim da ponte e depois voltavam, perseguidos com paus. Guinchavam quando eram atingidos e corriam brevemente para qualquer lado, chocando-se uns contra os outros, contra os parapeitos, derrubando várias pessoas no chão. Ree foi se aproximando pelos cantos da ponte e começou a enxotar os porcos para a abertura na cerca, *xô!*, *xô!*. Havia tantos faróis acesos dos dois lados da ponte que era difícil enxergar direito. Sombras encurvadas grunhiam e corriam por entre as luzes. Ree permaneceu perto do parapeito negro da ponte e quando sentia as corcovas chocando-se contra suas pernas ou passando perto ela chutava e dizia "xô!" mais alto. Assim que a ponte ficou vazia, os dois porcos que lideravam o rebanho finalmente seguiram bamboleando pela estrada e entraram no cercado, e os outros foram atrás.

O fazendeiro viu os porcos voltando para o chiqueiro, enxugou o suor do rosto com a manga, suspirou e disse:

– Ah, mas que diabo! Já tem mais dois lá na ponte de novo!

– Eu volto lá atrás e mando eles de volta pra cá pro senhor – disse Ree.

– Ia ser de grande ajuda se você fizesse isso, mocinha.

Os fugitivos foram impedidos pelo pequeno círculo de pessoas paradas no lado norte da ponte. Eles foram freando e escorregando os cascos pela ponte. Quando pararam completamente, ficaram ali olhando para os muitos faróis que os cegavam. As pessoas fumavam e riam, faziam troça sobre a grande quantidade de presunto e bacon que zanzou por ali de graça naquela noite sem que ninguém tivesse agarrado nem mesmo um pernil pra levar pra casa. Ree percebeu a intenção delas, apressou-se, ficou à frente dos porcos e deu chutes fracos em seus focinhos. "Xô! Xô! Pra lá!"

Foi o barulho do motor que a fez olhar para trás. Já havia passado tantos dias lentos e noites mais lentas ainda em sua vida esperando ouvir aquele motor, tantas vezes sentiu alívio ao finalmente ouvir aquelas sacudidas e rangidos do Capri de seu pai descendo a estradinha da entrada de casa, que seu corpo e seu espírito reagiram automaticamente ao som. Sentiu um nó no estômago e apertou os olhos procurando no meio daquele monte de luzes. Agora havia uns sete ou oito carros do lado norte e ela foi se esquivando por entre o emaranhado de feixes de luz, protegendo os olhos, indo na direção do som do carro da família marcado em sua memória. Agitou os braços acima da cabeça, gesticulando para o labirinto de luzes. Os porcos foram atrás dela, saindo da ponte, e ela não lhes deu atenção; simplesmente continuou a seguir rapidamente ao longo da fileira de veículos, agitando as mãos o tempo todo. Posicionou o corpo de modo a ser facilmente reconhecida, ficou de frente para o norte e viu o Capri no fim da fileira dando marcha a ré, dando meia-volta às pressas e saindo em disparada morro acima, seguindo a estrada na direção de Bawbee.

Ree ficou olhando brevemente para as duas luzes traseiras vermelhas enquanto subiam o morro, o vermelho facilmente visível contra a escuridão da noite e a brancura da paisagem. Ficou hesitante, ofegando, vendo os pontos vermelhos subirem, e então voltou correndo pela ponte, as botas batendo com força na estrutura velha de ferro, escancarou com força a porta da caminhonete. Gail estava debruçada no banco, ocupada trocando Ned com uma fralda que havia tirado da bolsa azul. Ainda precisava abotoar a blusa ou limpar o traseiro da criança e ele ainda estava sujo de cocô amarelo e os seios dela balançavam sobre seu rosto. Ela olhou para cima ao ver a porta abrir de maneira tão violenta e disse:

– O que foi?

– O Pai! O Capri do Pai tava do outro lado da ponte! Ele saiu na direção de Bawbee! Tá vendo aquelas luzes?

– Tem *certeza* que era ele?

– *É o nosso carro!*

– Ree, a gente ainda tá meio chapada... Você tem *certeza* que viu ele mesmo?

– Eu não tô chapada a ponto de não reconhecer o nosso carro, caramba! E foi o que eu acabei de ver! *Vamos atrás dele!*

Gail se ajeitou no assento e começou a se arrumar, a abotoar a blusa.

– Bom, então você tem que terminar de trocar a fralda do Ned. Você faz isso e eu vou atrás dele. Ou então você tem que esperar um pouquinho enquanto eu termino.

Ree sentiu o cheiro de cocô de bebê no ar, viu a mancha amarela, o rosto indefeso que babava, e então pôs as mãos embaixo de Ned e puxou a criança e a fralda suja para o seu colo.

– Deixa que eu troco.

Gail deu a partida e saiu em disparada pela ponte. Passou devagar pela fila de carros que esperavam, as pessoas esperando de pé e os dois porcos ainda vagando a esmo, e então pisou no acelerador e saiu correndo atrás da luz de seus próprios faróis pela estrada estreita e recurva. Acelerou até a picape velha e alta parecer meio solta e instável nas curvas. Se escorregasse na estrada não havia acostamento, só a queda para as solitárias valas das florestas. Mantinha o pé firme no acelerador e nas curvas difíceis ia para a pista de dentro.

– Não tô vendo mais as luzes do carro dele – disse.

– Vira essa curva e talvez a gente veja as luzes do carro na descida – disse Ree. Ela tentava limpar o bumbum de Ned com uma parte limpa da fralda usada enquanto chacoalhava dentro de uma caminhonete escura em alta velocidade que quase virava nas curvas. Tentava fazer pontaria com a fralda para a sujeira, mas as mãos saltavam e ela sentiu os nós dos dedos afundarem no cocô e deslizarem pela pele lisa. Limpou os dedos na fralda, ergueu Ned um pouco e esfregou sua bundinha de bebê até ela parecer minimamente limpa no escuro. – Agora eu não consigo mais ver as luzes do carro.

Nas curvas a caminhonete gritava advertências numa linguagem áspera e metálica. O câmbio de marcha chacoalhou furiosamente e a esfera negra escapuliu da mão de Gail até que ela tirou o pé do acelerador.

– Cara, não dá pra ir rápido assim! – disse Gail. A caminhonete engasgava e oscilava enquanto perdia velocidade. – É rápido demais pra essa caranga correr com segurança. Não vai ser bom pra ninguém se a gente cair ribanceira abaixo.

A estrada era um breu, sempre virando, uma descida recurva que corria rápido para o pé do morro. A caminhonete atravessava florestas taciturnas de árvores desfolhadas e arquipélagos de pinheiros trêmulos.

– Argh! Onde é que tem uma limpa?

– Limpa o quê?

– Fralda.

– Caiu aí no chão, perto do seu pé.

– Eu não confio em mim pra colocar alfinete balançando desse jeito.

– Ele comprou essas fraldas de loja, não precisa de alfinete.

Gelo enegrecido e liso acumulava-se no ponto onde a estrada chegava ao pé do morro, e a caminhonete escorregou de repente para o lado e quase fez um círculo completo antes de a borracha dos pneus encontrarem asfalto seco, e Gail agarrou o volante, fez os pneus cantarem e ficarem retos novamente. Ela deu um grito e foi diminuindo para uma velocidade morosa até que de repente parou totalmente e ficou só sentada, tremendo, olhando para a descida íngreme que levava ao matagal e um laguinho de vacas congelado. Atrás do laguinho, havia áreas abertas e desmatadas com tocos de árvores, neve e sulcos na terra contra pilhas de árvores cortadas. Gail encostou a cabeça no volante e disse:

– Florzinha, a gente não pode fazer essas coisas chapada.

Durante aquele giro rápido Ree havia apertado Ned com o bumbum de fora contra o peito. Segurou-o firme com as duas mãos enquanto rodopiava e batia com o ombro contra a porta e o rosto contra o vidro da janela. Agora segurava a cabeça dele contra o peito com uma mão e com a outra abria a fralda no colo, sentindo um rubor estranho subir à face. Começou a rir, aliviada.

– Bom, nunca se sabe ao certo *o que* a gente vai ter de fazer chapada. É por isso mesmo que a gente fuma – disse. Calmamente, começou a dobrar e ajustar a fralda na bundinha vazante de Ned e ele deu um sorriso banguela.

– Acho que ele parece mais com você do que com ele, não é?

– Também acho.

– Principalmente se o cabelo dele ficar vermelho.

– A mãe do Floyd pede todo dia a Deus para que isso não aconteça.

Naquela velocidade mais baixa, a picape velha grunhia e às vezes dava uns solavancos estranhos. Ali nas partes mais baixas, ao lado do rio, ficava o melhor solo para plantio da região. As casas perto desses grandes campos disformes eram corpulentas, grandes, com caminhonetes novas na porta e tratores alugados nos celeiros. Pés de milho cortados perfuravam a neve, e cabelinhos e pedaços de palha de milho tinham sido soprados pelo vento e agora estavam pregados no arame farpado.

Os coiotes começavam a chamar pela lua.

Ree segurou Ned mais para o lado e disse:

— Vamos pra casa. Deixa isso pra lá. Afinal, por que ele ia fugir se me viu acenando?

---◇---

No ponto onde Ree adormeceu, a escuridão da noite parecia nunca mudar. Uma lâmpada num quintal do outro lado do riacho lançava um feixe de luz pelo mesmo ângulo de sempre através de sua janela embaçada. Ela estava sentada na cama, ouvindo os *Sons de Riachos Tranquilos* e observando os familiares fantasmas e sombras de sua entediante respiração. Ergueu duas colchas e colocou-as sobre os ombros enquanto o riacho cantava descendo pelas rochas de uma curva e ficou imaginando durante um bom tempo o quanto o lugar devia ser solitário, à sombra.

No coração de Ree havia espaço para mais. Qualquer noite com Gail era como se ela estivesse passando acordada alguma das histórias cheias de anelo de quando dormia. Partilhar das coisas simples da vida com alguém que era relevante em sua vida. Esticou-se na cama e girou o botão para diminuir o volume do riacho. Apaziguada pela meia-noite e pelo travesseiro que agarrava, acabou conseguindo dormir.

O barulho de alguém batendo à porta a fez acordar. O calor do forno não chegava até ali e ela ficou de pé sobre o assoalho gelado de madeira, olhou pela janela e viu a caminhonete velha. O ar frio fez sua pele ficar arrepiada enquanto ela caminhava em direção às batidas.

– Ele me disse que se era pra eu voltar pra casa a *essa* hora da noite que eu ficasse fora a noite *toda*, então – disse Gail. – Levou o Ned pra casa dos pais dele e me pôs pra fora de casa.

Ree fez um gesto para que ela entrasse e foi cambaleando no escuro até se enfiar bocejando embaixo das colchas pesadas. Gail se sentou numa cadeira e começou a tirar a roupa. Sua respiração fazia flutuar fantasmas bem-vindos no ar. Lama ressecada soltou-se de suas botas quando elas caíram no chão. A calça jeans e as meias fizeram uma pilha sobre as botas. Ela parecia inquieta, descalça, esfregando a pele dos braços e pernas, olhando para a cama.

Ree abriu bem as cobertas, deu um tapinha na cama e disse:

– Só uma tora não esquenta o fogo.

⎯⎯⎯⎯⎯⎯⎯ ⟡ ⎯⎯⎯⎯⎯⎯⎯

A habilidade necessária era o silêncio. Ao longo do emaranhado de galhos nodosos, os esquilos cinzentos ficavam completamente imóveis enquanto o dia clareava. Assustavam-se com qualquer barulho, mas não durante muito tempo. O ar da aurora ainda continha o frio da noite, mas veio sem brisa, e os esquilos logo perderam seu medo do novo dia e começaram a se movimentar pelos galhos. Carne fácil para a mesa. Bastava o silêncio e uma bala pequena.

Ree e os meninos estavam encostados contra um grande carvalho caído, sentados sobre folhas, as botas firmes sobre pequenos montes de neve. A parte baixa das árvores ainda estava nas sombras, mas a luz recente do sol aquecia os galhos superiores. Ree percebeu um esquilo de pé num galho ensolarado lá no alto, ergueu lentamente o rifle e atirou. O esquilo deu um guinchinho mortal e girou no galho, as patas de trás arranhando a casca da árvore tentando se agarrar uma última vez antes de cair morto no chão. Harold inclinou-se para a frente para pegar o esquilo, mas Ree o impediu, balançando a cabeça e sussurrando:

— Deixa ele lá. Todos eles acabam voltando pros buracos com o tiro, mas se você ficar aqui parado, quietinho, eles acabam saindo depois de uns minutos. A gente precisa de mais dois.

Passou o rifle para Sonny e eles se recostaram no tronco para aguardar. Os meninos estavam com o nariz vermelho e Ree disse a eles por meio de gestos para eles não ficarem fungando, para deixar escorrer bastante e chupar tudo de uma vez e bem rápido. Sonny viu um esquilo sobre um galho grosso, mas atirou baixo demais, fazendo voar pedaços de casca do tronco. Franziu a testa e passou o rifle para Harold. O sol surgiu e as sombras das árvores começaram a se estender nos espaços abertos. O tiro de Harold não acertou nem esquilo, nem árvore, uma bala perdida que saiu zunindo na distância. Ree acertou um outro e Harold fez uma careta de dor quando o esquilo caiu guinchando e se contorcendo debilmente no ar. Quicou em diversos galhos e caiu numa tora no chão. Com o tiro seguinte, Sonny atingiu seu alvo nas patas traseiras, e o esquilo caiu com um baque seco e começou a se arrastar de um jeito estranho no meio da neve e das sarças.

Ree cutucou Harold com o cotovelo:

— Você vai atrás daquele ali. Eles têm garras e dentes afiados, então é melhor usar luvas pra pegar.

— Ele ainda tá vivo!

— Pega a cabeça dele entre dois dedos e puxa, como se fosse uma galinha.

— Mas ele tá chamando a mãe dele!

Sonny ficou de pé, bateu os pés para fazer a circulação voltar às pernas, colocou as luvas de couro amarelo e foi em direção ao esquilo ferido, que se remexia na neve respingada de sangue.

– Pode deixar que eu faço, fui eu quem atirei mesmo.

O esquilo arfava e guinchava coisas desafiadoras, ou patéticas, ou ambas. Sonny ficou de cócoras, colocou uma mão sobre a cabecinha do esquilo e puxou até ela se desconectar do corpo, mas ainda dentro da pele. Viu o peito do animal abaixar uma última vez, depois pegou os outros e levou todos pela cauda.

– Tem um jeito de fazer uma fieira pra esses bichos se a gente caçar um monte – disse Ree. – Tão vendo esses ossos aqui, atrás dessa coisa que parece um tornozelo? Dá pra fazer um furo entre os ossos e passar uma corda como se fosse um monte de peixe, mas hoje não precisa. Não pra esse tanto.

– Deixa eu levar um – disse Harold.

O sol estava mais alto, embora a luz ainda não tivesse atingido o chão. Na encosta norte, o caminho era estreito e cheio de gelo. Aquela área era terreno dos Bromont e sua madeira nunca foi explorada, então ali ficavam as árvores maiores e mais antigas do lugar. Eram comuns carvalhos tão grossos e altos como se fossem por mágica, e galhos que se desenrolavam em agradáveis espirais semelhantes a mãos na cintura eram comuns. Castanheiras americanas, plátanos e todo o resto também prosperavam ali. A última leva de pinheiros nativos do município crescia até onde dava a vista, e a madeira antiga era muito cobiçada por sujeitos sorrateiros com serras na mão. Se fosse vendida, a madeira até daria uma boa quantidade de dinheiro, mas o primeiro Bromont pôs na cabeça que o preço a pagar por aquela venda seria a ruína da família, e passou isso para as gerações seguintes, e, apesar dos anos de grande dificuldade financeira, nenhuma geração quis ser a que trouxe a desgraça sobre as terras da família. O Vô Bromont era famoso por ter expulsado ladrões de madeira a tiros diversas vezes, e por mais que o Pai nunca parecesse muito disposto a agitar armas no ar para defender árvores, ele defendeu as terras sempre que necessário.

– Olha! Eu consigo enfiar o dedo mindinho dentro do buraco! – disse Sonny. – Dá pra enfiar bem no fundo.

– Vê se não lambe esse dedo, hein.

– Acho que consigo sentir a bala.

Chegaram à crista do morro, segurando o café da manhã pelos rabos, e começaram a descer na direção de casa. Fumaça saía da chaminé. Do outro lado do riacho, um Milton xingava tentando dar a partida no motor frio e emperrado de uma caminhonete enquanto outro batia no motor com uma chave inglesa. Ree não desviou o olhar do seu lado do riacho e levou os meninos pelo caminho úmido e curvo até a parte de trás da casa.

– Ree, a gente vai fritar ou cozinhar? – perguntou Harold.

– Como vocês preferem?

– Frito! – responderam os dois.

– Tá bom. Frito, então. Com pãozinho, talvez, se der pra fazer, e bacon por cima, também. Mas primeiro a gente precisa limpar os esquilos. Sonny, pega a tábua de tirar a pele. Acho que ainda tá apoiada no lado do galpão lá atrás. Harold, você pega a faca. Você sabe qual é.

– Aquela que eu não posso pegar nunca.

– Isso. Pega ela pra mim.

A tábua para tirar pele era uma ripa desgastada do celeiro com um emaranhado de cortes e manchas de sangue ancestrais. Sonny colocou a tábua aos pés de Ree e ela deixou um esquilo cair na superfície da madeira e depositou os outros a seu lado. Quando Harold voltou com a faca, Gail veio com ele e ficou de pé na varanda, tomando café.

– E aí, Florzinha, dormiu bem? – perguntou Ree.

– Bem como sempre.

– Me mostra como faz, tá? – disse Sonny, cutucando Ree com o cotovelo.

– Vou mostrar pra vocês dois. Harold, fica aqui perto.

Ela esticou o esquilo no sentido do comprimento e colocou a lâmina nas costas.

– Bom, eles são mais duros de cortar do que coelhos, mas não muito duros, na verdade. Imagina que vocês estão cortando uma roupinha pro esquilo, só que na verdade você tá cortando a roupa *deles*, não pra colocar neles. Vocês abrem eles pelo pescoço, aqui, cortam os punhos assim e cortam a pele nos braços, deixam a parte dos tornozelos livres assim e cortam a pele das pernas, e depois cortam no meio assim, e depois unem tudo. A pele deles é mais grudada na carne do que pele de coelho, então vocês precisam puxar mais. Ajuda se deixar a lâmina entre a pele e a carne. Harold, coloca a mão lá dentro e puxa as tripas.

– Eu não vou pegar nas tripas!

– Não fica com medo, o bicho tá morto. Não precisa ter medo.

Harold foi andando lentamente para trás, na direção de Gail, subindo para a varanda.

– Eu não tô com *medo* de fazer isso, só não *quero* fazer.

Sonny agachou-se perto da tábua de tirar pele e enfiou o punho dentro do esquilo e puxou as tripas para a tábua. Contraiu o rosto e balançou a cabeça. As vísceras fizeram uma pilha lúgubre de tons vermelhos, marrons e pretos, pálidos e escuros. Olhou para as vísceras e depois para Harold e disse:

– Não é pior do que limpar vômito nem nada assim. Você devia tentar o próximo.

– Mas limpar vômito sempre *me* faz vomitar.

Ree ficou observando Sonny enquanto ele abria o próximo esquilo.

– Tem um monte de coisa que você vai ter que fazer apesar de sentir medo, menino – disse ela.

– Harold, você tem coragem pra essas coisas, não tem? – perguntou Gail, acariciando seus cabelos escuros, e quando os olhos dele encontraram os seus, ela se inclinou para lhe dar um beijo no rosto. Ele ficou vermelho, enfiou a cabeça na barriga dela e colocou um braço em sua cintura. – Eu sempre achei que você fosse um menino tão corajoso.

– Você não pode deixar as coisas ruins sempre pro Sonny, você sabe disso. Isso não tá certo – disse Ree.

– Mas eu não ligo. Ele é o meu irmão.

– Mas eu ligo. Harold, vem aqui agora. Você não quer que eu vá aí atrás de você. Não quer mesmo. Vem aqui e fica aqui do meu lado. Pode até fechar os olhos se quiser, mas enfia essa porcaria de mão nesse esquilo e arranca essas tripas.

Harold não saiu do lugar e Ree ficou de pé para pegá-lo pelo pulso. Saiu puxando o irmão pelos degraus da varanda até a tábua. Ele ficou agachado, de joelhos, com os olhos bem fechados, e ela guiou sua mão até dentro do esquilo. Ele fez aquela cara de quem parece que vai começar a chorar, mas sua mão lá dentro apertou, puxou e puxou, até as vísceras aparecerem sobre a tábua. E então ele ficou de pé, olhou calmo para a mão, e depois para as tripas, e disse:

– Não é *tão* difícil assim, né? As tripas dele até que são quentinhas.

– Olha só o Harold! – disse Gail. – Olha só quem é o menino corajoso que eu sempre achei que fosse.

Harold pareceu constrangido, mas satisfeito. Pôs-se de pé, olhando para os montinhos de vísceras.

– Mas a gente não come essas partes, né?

– Não.

Sonny e Harold saíram correndo, sorridentes, e ficaram se dando tapas com as mãos ensanguentadas. Ficaram rindo durante alguns instantes e cuidadosamente passaram os dedos vermelhos no rosto um do outro para fazer camuflagens de guerra vermelhas. Riram e pularam pelo quintal cheio de neve, estapeando-se com as mãos vermelhas, enquanto Ree jogava o esquilo que restava na tábua e se abaixava para cortar a pele.

─────────◇─────────

As barrigas cheias geraram um momento de paz e Ree deixou-se cair no sofá. Deitou-se de costas com as pernas compridas apoiadas no encosto do braço e colocou um pano de prato sobre os olhos para que as imagens dentro de sua cabeça brilhassem com mais força contra a escuridão. Um pequenino círculo roxo cresceu e se transformou num grande círculo azul, talvez a boca de um balde que crescia, e dentro desse balde zilhões de vagalumes explodiam em faíscas, mas a luz das faíscas era de todas as cores conhecidas, que mudavam constantemente de uma para outra. Uma névoa vermelha saiu do balde e foi diminuindo até virar uma pequena árvore torta sobre um morro, com um céu velho e enrugado por cima. Quando as rugas se afastaram, o céu era um olho azul que piscou até Ree aparecer na árvore, sentada num galho com os pés pendurados sobre um oceano que de repente se abria e se agitava lá embaixo. O mar tinha ondas que pulavam feito dançarinas. Pequenos grupos de vacas pastavam por entre as dançarinas no mar, mas muitas outras flutuavam inchadas, soçobrando de um jeito horrível, de lado, um pouco além das nuvens, até que forçados desceram do nada e furaram ao mesmo tempo as barrigas distendidas, e o gás liberado de tantas vacas inchadas se transformou num vento que fez Ree sair voando da árvore e cair numa pequena e frágil selva verdejante. A selva se desfez em fumaça atrás dela enquanto corria abraçada a pessoas que conhecia mais ou menos, ou pelo menos tinha a impressão de conhecer, mas elas não olhavam para ela, nem a cumprimentavam e nem paravam para lhe dar informações. Ela só tinha a sensação de estar perdida e gritava palavras desesperadas numa língua que ninguém parecia entender. Escondeu-se debaixo de uma folha amarela, maior do que tudo na vida, e caiu de encontro a uma boca gigante que comandava o tempo e que tinha o poder de sugar todo o seu espírito desde a sua infância até o presente com um único e sábio beijo. Os lábios continuavam a beijá-la docemente, como se ela fosse uma criança para sempre, o que ainda assim parecia errado, algo que a deixava num estado de atrofia, de bolor, e então, num piscar de olhos, seu vestido se abriu como se fosse uma cortina e ela se revelou uma mulher, e...

O pano de prato caiu de seus olhos e as imagens sumiram atrás da luz, com os lábios sumindo por último; enquanto ela sentia seus dedos desesperados, tentando mantê-los perto de si, abriu os olhos e viu o rosto do Tio Teardrop poucos centímetros acima do seu, e visto a essa distância o lado derretido de seu rosto parecia tão grande quanto um continente num globo terrestre.

– Você acha que eu me esqueci de você? – disse ele.

Um continente com um histórico de erupções vulcânicas, vastas áreas desérticas e zonas montanhosas marrons acidentadas sobre as quais caía a chuva eterna daquelas três lágrimas. Seus olhos captaram tudo aquilo ao mesmo tempo que saía do sofá meio de lado, por baixo dele, e ficava de joelhos, fugindo pelo chão. Enquanto engatinhava, dizia:

— Como assim, esqueceu de mim? Hã?

Tio Teardrop usava uma jaqueta de couro marrom que tinha sido rasgada em alguns lugares e costurada de volta com pedaços largos de couro e um boné com estampa de camuflagem, usado só nas estações de caça. Os cabelos quase grisalhos estavam escorridos, oleosos. A calça jeans preta estava desbotada em alguns pontos e ele usava botas marrons de amarrar. Sem dúvida tinha alguma arma escondida em algum canto.

— Esqueci de você e de tudo o que aconteceu aqui.

Ela ficou perto da janela mais distante e evitou seu olhar.

— Isso aí é com o senhor. Pode esquecer a gente se quiser.

Ele se virou calmamente para olhar para ela enquanto balançava de leve a cabeça.

— Jessup nunca batia em você. Eu não sei por que ele nunca queria bater em você, mas eu sempre dizia que alguém algum dia ia pagar o preço por ele nunca ter te dado uma boa surra quando você precisava.

Gail estava tirando um cochilo na cama de Ree, os meninos corriam e gritavam no quintal lateral e a Mãe estava sentada em silêncio na cadeira de balanço. Ree foi se afastando encostada na parede para que houvesse móveis no caminho caso ele quisesse vir atrás dela.

— Eu não tava tentando dar uma de esperta por lá, Teardrop. Tio Teardrop.

— Acho que você nem precisa tentar, menina. Sai um monte de merda dessa sua matraca toda vez que você tenta dar uma de esperta e abre a boca.

Ele foi até a janela que dava para o quintal lateral. Sonny e Harold corriam atrás um do outro em círculos, atirando bolas de neve enquanto gritavam ameaças fantásticas. Teardrop ficou de pé com os braços cruzados, observando os dois brincarem como se estivesse sondando os meninos para o futuro. Ficou em silêncio tempo suficiente para que Ree ficasse preocupada e, finalmente, disse:

— Ele é mais rápido do que Blond Milton já foi na vida. E também é bom de mira. O Blond Milton sempre foi forte, mas jogava pedra e bola feito uma velha sem óculos, e nunca conseguia nadar rápido nem brincar de atirar ferradura direito nem nada disso. Ele não tinha coordenação pra nada disso como o Sonny já tem. Claro que o homem já provou que *atira* em quem ele quiser e nem todo mundo atira. — Teardrop apoiou-se na janela enquanto observava os meninos durante mais algum tempo, seguindo-os com os olhos, até que finalmente deu um grunhido e encolheu os ombros. Continuou:

— Mas o Harold... Melhor o Harold gostar de armas — Afastou-se da janela e virou-se para Ree. — A polícia achou o carro do Jessup no lago Gullett hoje de manhã. Alguém ateou fogo nele na noite passada, não sobrou quase nada.

— Ele...?

— Ele não tava dentro.

Sombras do fim da manhã produziam desenhos no assoalho marcado de madeira, desenhos que mudavam de ângulo e forma de acordo com a velocidade do sol no céu. Os olhos da Mãe fecharam-se como se ela tivesse escutado e começou a fazer hum-hum com um pedacinho monocórdio de música que quase fazia lembrar a canção de verdade. A caminhonete verde de Teardrop estava no quintal e os meninos corriam em volta dela atirando bolas de neve um no outro. Ree sentiu uma pequena vibração elétrica na substância entre os ossos e o coração e disse:

– Ele morreu, não foi?

– Isso aqui é pra vocês – disse Teardrop, tirando um quadrado de dólares dobrados de dentro da jaqueta e jogando-o no sofá. – O dia de ele aparecer no tribunal era hoje e ele não foi.

– Fez um gesto vago com o braço aberto na direção das terras morro acima, atrás da casa. – Se eu fosse você, vendia essa madeira toda dos Bromonts agora, enquanto ainda pode.

– Não. Hã-hã. Não vou fazer nada disso.

– Essa vai ser a primeira coisa que eles vão fazer assim que tirarem esse lugar de vocês, menina. Vai até lá e corta aquela madeira até o toco – disse ele. Foi até ela, pôs a mão em seu queixo e ergueu seu rosto para que o encarasse nos olhos. – Melhor ter o dinheiro pra gastar. – Afastou-se, tirou um saquinho de *crank* do bolso da camisa, catou um pouco com uma unha comprida e cheirou, e depois cheirou de novo. Virou a cabeça enquanto esfregava o nariz, e os pontos negros em seus olhos ficaram de repente maiores e mais escuros. Estendeu o saquinho na direção de Ree:

– E aí, já passou a gostar?
– De jeito nenhum.
– Você é quem sabe, mocinha.

Enrolou o saquinho, guardou o *crank*, deu uma volta respirando fundo para olhar melhor a sala e parou de repente para observar a Mãe, que continuava cantarolando de olhos fechados. Teardrop apertou os olhos e ficou ouvindo a música desconjuntada durante algum tempo antes de lhe dar as costas.

– Ela não se mexeu desde que eu estive aqui da última vez, em abril – disse ele. Caminhou até a porta da frente, abriu e virou-se para olhar novamente para a Mãe. – Esse chão aqui. Eu lembro quando essa merda aqui pulava feito um coelho com gente dançando. Todo mundo dançando a noite inteira, completamente chapado, e naquela época era aquele chapado do tipo feliz.

Ree ficou segurando a porta e recostou-se na ombreira para vê-lo ir embora. Sentia-se triste, inconsolável, tão perdida e insignificante quanto um floco de cinza num vento agitado. Teardrop deu partida na caminhonete verde, acelerou até o motor roncar e depois deu meia-volta para ir embora. Os meninos ficaram um ao lado do outro perto da estradinha para vê-lo partir, um pouco amedrontados e muito quietos, os braços caídos, o rosto sem nenhuma expressão. Tio Teardrop diminuiu a velocidade e passou por eles lentamente, lentamente, olhou bem nos olhos deles sem dizer uma palavra, sem cumprimentar ou fazer qualquer gesto de reconhecimento, e sem nenhuma mudança na velocidade sumiu de vista.

─────────────◆─────────────

Ree pediu que a Mãe ficasse de pé e a vestiu com um casaco branco de inverno que era fofo e brilhoso e um gorro amarelo com uma borla costurada na ponta molenga. Ree abriu a porta lateral e a conduziu para o quintal. A Mãe raramente saía de casa e tinha uma expressão ansiosa no rosto. Pisou indecisa sobre a neve fina, primeiro colocando só a ponta do pé antes de colocar o calcanhar. Ree segurou-a pelo cotovelo e a levou até o caminho íngreme para a encosta ao norte. O sol estava descendo por trás dos montes distantes, e sob essa luz o gelo no caminho parecia leite derramado e congelado.

Depois de cada passo subindo pelo caminho, a Mãe parava e se apoiava em Ree, até que ela a impulsionava para ir adiante. A sequência de movimentos adquiriu seu próprio ritmo quando Ree começou a encorajar a Mãe naquele breve segundo antes de ela parar e aquilo virar uma pausa. O gelo frágil ia se partindo enquanto os pés com botas se impulsionavam para a frente. A respiração da Mãe soprava em rajadas sobre o rosto de Ree. O calor e o cheiro do hálito da Mãe traziam consigo a doçura e as memórias francas. A Mãe antes de ficar tão louca, relaxando com Ree num cobertor debaixo dos pinheiros, contando histórias malucas sobre os pássaros-vento, o galópolo, o bufobufo e outras criaturas das montanhas Ozarks que raramente eram vistas naquelas florestas, mas que há gerações se sabia que viviam ali. O pássaro-vento, um belo mistério alado à espreita para nascer das sombras e subir feito uma faísca, rápido feito o pensamento, e sair voando de costas feito um enigma pelo céu; ou o galópolo, que podia aparecer bem no fundo do seu poço e botar ovos perfeitamente quadrados de caramelo amarelo e duro dentro do balde usado para pegar água; ou o bufobufo, que gostava de provocar e assustar as pessoas, e que nas noites mais escuras de tempestade se aproximava e pegava pedras com seu enorme rabo recurvo para jogar nas casas enquanto você se escondia embaixo das cobertas e esperava o sol nascer. As palavras da Mãe estimulavam sua imaginação, e a respiração unida das duas a acalmava.

No topo do morro começaram a andar cuidadosamente pela área da floresta dos Bromonts. Ree ficou de braços dados com a Mãe e fez um caminho por entre os troncos grossos, pisando cuidadosamente por entre as raízes grossas e os borrões de gelo. Foram até perto da margem do morro e podiam ver os pontos distantes no vale, enquanto as árvores pesadas avultavam sobre elas. Um bando de corvos pousados nos galhos lá em cima tagarelava enquanto as mulheres passavam. Em alguns pontos do chão, o morro era pura pedra, escorregadio demais. Ree movimentava-se por entre essas pedras cinzentas e lisas, apertando o braço para sinalizar à Mãe para que fosse em uma determinada direção ou em outra. Pararam numa ribanceira perigosa sobre um riacho intermitente para observar o morro do outro lado, onde a primeira casa dos Bromonts havia sido construída. As paredes e estruturas similares já tinham sido levadas embora há muito tempo, mas o alicerce quadrado de pedra ainda dava certa forma e ordem à profusão de pequenos carvalhos e trepadeiras que tomaram conta do lugar.

Ree virou para seguir para o norte e subir na direção dos pinheiros. A Mãe tropeçou numa raiz, escorregou e caiu de joelhos, e seu rosto adquiriu uma expressão quase alerta.

– Há quanto tempo essa neve está aqui? – disse ela.

– Há dias e dias.

– Eu vi ela cair.

Debaixo dos pinheiros, o chão estava coberto das folhas que caíam, um tapete macio de folhas envelhecidas espalhadas sob os galhos baixos, um lugar ótimo para crianças brincarem e rolarem. Era fácil imaginar que os pinheiros fossem um castelo, ou um navio, ou simplesmente o lugar ideal para fazer um piquenique. As árvores interrompiam qualquer vento e exalavam um cheirinho muito bom qualquer que fosse a estação.

A Mãe segurou-se num galhou e parou.

– Eu costumava brincar aqui – disse.

– Eu também.

– Junto com a Bernadette.

Ree puxou a Mãe até que ela ficasse pertinho dela e as duas caminharam por entre os pinheiros com suas folhas pontudas e galhos móveis, depois desceram o morro, atravessaram o riachinho intermitente e foram até o morro seguinte. Havia pegadas na neve, guaxinins, coelhos e dois coiotes que tinham se aproximado para farejar a área. Ree foi puxando a Mãe para subir o morro até a densa floresta. Foram necessárias diversas pausas para respirar antes de chegarem ao topo. As árvores eram grandes, majestosas, fiéis. O grande toco de um carvalho cerrado reto fazia-se de banco para observar o vale. A madeira tinha ficado gasta e mole com o apodrecimento, mas era um lugar grande e agradável para se sentar.

A Mãe e Ree se sentaram lado a lado. Ree segurou a mão da Mãe durante um instante, depois se ajoelhou. Apertou suas mãos e inclinou a cabeça para olhá-la.

– Mãe, eu preciso de você. Mãe, olha pra mim. Olha pra mim, Mãe. Mãe, eu preciso que você me ajude. Tem coisas acontecendo e eu não sei o que fazer. Mãe? Olha pra mim, Mãe. Mãe?

O sol poente produzia uma vasta faixa avermelhada atrás do cume. Um horizonte de luz carmim filtrava-se em feixes pelas árvores lançando raios cor-de-rosa no vale de neve.

Ree esperou ajoelhada durante vários minutos, enquanto a grande esperança dava lugar a uma esperança modesta, pequena, vaga, ajoelhada até a última esperança que restava desaparecer por completo entre suas mãos, que apertavam as da Mãe. Soltou-as, levantou-se e caminhou para a sombra atrás do toco do carvalho. Voltou depois de um minuto e ficou observando a Mãe atentamente de cima. Sentou-se novamente. A pele de sua mãe estava pálida, o rosto, sem expressão, e sua alma havia sinceramente se entregado ao silêncio e ao quase refúgio que era a incompreensão. A Mãe olhava fixamente para o pôr do sol, e então dobrou os joelhos para perto do peito, colocou os braços em volta das pernas e ficou se abraçando.

– Mãe?

Nos minutos seguintes, Ree inclinou-se algumas vezes para olhá-la no rosto. A Mãe continuava a fitar sem parar o sol que ardia a distância, o queixo apoiado nos joelhos, as mãos unidas ao redor das canelas. Ainda sentada, Ree afastou-se e observou o perfil da Mãe, os traços arredondados e as bochechas caídas, depois suspirou e olhou para o oeste. O sol diminuiu até se tornar um ponto vermelho além da encosta, a noite engoliu-o de uma vez e a paisagem rapidamente começou a sumir de vista. Ree ficou de pé, puxou a Mãe para que ela fizesse o mesmo e, de braços dados, começaram a descer o escuro morro de volta para casa.

◇

Floyd apareceu com o bebê depois que anoiteceu. Pelo menos três vezes desde a hora do almoço Gail disse a Ree que seus seios estavam doendo um pouco e ela grudou em Ned como se ele fosse remédio e o levou para o sofá. Recostou-se, abriu apressada a blusa e deu o mamilo que ele parecia ansioso para pegar. Ree se sentou numa cadeira perto da janela mais distante e tentou não ouvir a conversa de marido e mulher, mas ouviu tudo. Floyd queria que Gail voltasse para casa, a mãe dele não conseguia cuidar de uma criança da idade do Ned e a casa ficava quieta demais sem o barulho dela falando toda docinha com o menino. Além disso, o catálogo tinha chegado pelo correio e ela podia dar uma olhada e escolher uma coisa bonita para a primavera que ele sem dúvida compraria. Gail colocou Ned no outro mamilo e parecia sentir menos dor a cada gota. Ela disse que não ia mais aturar certas merdas, como ele mandando nela o tempo todo. Ele disse que tudo bem. Mas que a grande mudança era a maldita Heather – você precisa parar de transar com a Heather. Floyd não disse uma palavra. Sonny e Harold foram se esgueirando para ver o seio que o bebê sugava, e o único som que se ouvia era o do bebê mamando. Floyd acendeu um cigarro, ficou de pé e foi lá pra fora. Gail ninou o bebê, dizendo "Pronto, pronto, tá tudo bem. Pronto, tá tudo bem". A porta abriu e Floyd pôs no chão uma mala preta e a bolsa azul com coisas de bebê, andou para trás e fechou a porta. Os dois meninos debruçaram-se sobre o braço do sofá, olhando fixamente para os seios de Gail, e a luz dos faróis da caminhonete de Floyd passou pelo vidro da janela enquanto ele partia. Ree aproximou-se por trás do sofá e começou a massagear o pescoço de Gail. "Pronto, passou. Ele vai voltar. Ele vai voltar pra te buscar de novo, aposto que no dia de lavar a roupa. Vai dizer que a Heather engordou e virou uma chata de repente, de verdade, e que ele morre de saudade de você. Volta pra casa, meu amor – o sabão tá ali embaixo da pia." E o que Gail disse foi "Pelo menos ele não tentou mentir dessa vez. Você viu?".

Ree empurrava o carrinho teimoso pela Bawbee Store com Ned no cestinho e Gail ao lado dela. Ned dormia e babava bolhinhas enquanto ela e Gail faziam compras feito um casal. As rodinhas iam cada uma para um lado, então não era fácil fazer o carrinho ir para onde você mandava; as rodas ficavam rangendo e ele fazia meias-luas para um lado do corredor e depois para o outro. Ree debruçou-se pra frente e comandava o carrinho como se estivesse arando uma fileira torta, segurando firme e fazendo a coisa ir mais ou menos na direção que ela queria. Colocou macarrão, arroz e feijão no carrinho. Já tinha colocado latas de sopa, molho de tomate e atum, uma peça inteira de mortadela, três pães de forma, duas caixas de aveia e farinha grossa de milho, e mais três pacotes tamanho família de carne moída. Parou para examinar as compras, com o dedo na boca, e então pôs o arroz de volta na prateleira e pegou mais macarrão.

– Eu não sei o que ele fez de errado. Não exatamente – disse.

– Com tudo isso de macarrão você vai querer queijo ralado, não? – perguntou Gail.

– Mas é caro demais pro tanto que vem. Então a gente nunca compra.
– Ou ele roubou ou dedurou. São essas coisas que fazem eles matarem.
– Não consigo imaginar o Pai dedurando. O Pai não tinha nada de dedo-duro.
– Esse queijo genérico aqui não custa muito caro.
– Não, deixa pra lá.
– O gosto é mais ou menos o mesmo.
– Não. Assim que os meninos começarem a gostar eles vão querer o tempo todo. É caro demais. E custa mais do que carne.
– Ih, caramba – disse Gail. – Acabo de perceber. Eu devo ter sido criada feito gente rica. A gente *sempre* tinha queijo ralado em casa.

Ree riu e colocou um braço no ombro de Gail.

– Mas mesmo assim você saiu gente boa, Florzinha. A vida mansa não te estragou. Não que eu saiba.

Gail jogou duas embalagens de queijo ralado no carrinho.

– Deixa que eu compro essas – disse. Esticou a mão para a prateleira oposta e tirou uma lata. – E esses tamales também.

O sol da manhã polia o asfalto num brilho que cegava, e as duas moças voltaram para casa apertando os olhos. Buracos de lama cresciam e faziam manchas marrons na camada de neve. Os buracos continham água, e pássaros bebericavam na lama. Raízes se soltaram com a umidade, deixando algumas árvores novas ficaram meio caídas na estrada, e as extremidades finas dos galhos crepitaram sob os pneus da caminhonete.

Na estradinha que levava até a casa, Ree olhou para o outro lado do riacho. Blond Milton e Catfish Milton estavam perto da ponte com um estranho. Havia um carro branco estacionado com uma antena comprida na parte de trás. Os dois Miltons e o estranho ficaram olhando a caminhonete descer a estradinha. O estranho apontou, deu de ombros e começou a atravessar a ponte.

– Que porra é essa? Quem é ele? – perguntou Ree.

– Alguém da cidade. Olha só os sapatos bonitos dele! – respondeu Gail.

Ree carregava as compras enquanto Gail carregava Ned. As duas pararam na varanda e viraram para encarar o homem desconhecido. Ree colocou os sacos no chão e disse:

– Aí já está bom, moço. Parado. O que você quer?

O homem era alto e usava um casaco grosso de couro e pele de ovelha com lapelas peludas. Devia ter uns trinta anos, usava óculos escuros espelhados e tinha um estojo de arma na perna. Seu pomo de adão era grande e inquieto, o cabelo castanho era denso e ia até os ombros. Uns cinco centímetros de bigode lhe caíam do ponto do queixo. Tinha jeito de quem não vinha criar caso, mas que poderia fazer algum estrago se fosse necessário. Disse:

– Eu me chamo Mike Satterfield. Trabalho para a agência de fiança Three X Bail Bonds. A gente administra a fiança de Jessup Dolly e parece que ele é um fugitivo.

– O Pai não é fugitivo.

– Ele não compareceu ao tribunal. Isso faz dele um fugitivo.

– O Pai morreu. Ele não apareceu no tribunal porque ele deve estar morto em algum canto por aí.

Satterfield parou no começo dos degraus e tirou os óculos. Seus olhos eram castanho-claros, calmos, mas interessados. Apoiou o corpo de lado no balaústre enquanto olhava para Ree.

– Isso aí não é o que eu quero ouvir. De jeito nenhum. Não é bom pra ninguém, pra nenhum de nós. Você entende que eu tenho o direito de fazer uma busca nesse lugar procurando o sujeito? Quer dizer, eu posso entrar na sua casa se eu quiser, revirar o sótão, o porão, debaixo da cama e tal. Você sabe disso, não é, menina?

– O que eu sei é que você ia perder o seu tempo se fizesse isso. Perder o seu tempo e me deixar com raiva, só isso – respondeu Ree. Gail foi para dentro com Ned e Ree desceu os degraus da varanda. – Quanto tempo eu tenho? Quanto tempo até a gente ser colocado pra fora daqui?

– Bom, isso aí depende de eu achar ele e tirar ele daí.

– Olha, cara, escuta aqui. É o seguinte: *Jessup Dolly morreu*. Ele deve estar numa cova qualquer por aí ou virou bosta de porco ou tá todo arrebentado e jogado numa vala bem funda. Ou então talvez deixaram ele ao ar livre e ele tá apodrecendo debaixo da neve num lugar que ninguém procurou ainda, mas seja lá onde for, cara, ele tá morto.

Satterfield chacoalhou um maço, tirou um cigarro, acendeu e soprou a fumaça. Tinha o hábito de tirar o cabelo comprido do rosto com o dorso da mão.

– E como você sabe? – perguntou ele.

— Você já deve ter ouvido falar da fama dos Dollys, não é, moço?

— A minha vida toda. Digo, sempre ouvi falar da fama que *alguns* tinham, pelo menos. Imagino que a maioria num raio de quilômetros daqui sabe.

— Bom, eu sou uma Dolly. Nasci uma Dolly e vou morrer uma Dolly, e é assim que eu sei que meu pai tá morto.

Ele olhou para o outro lado do riacho, para os Miltons desconfiados, fez um gesto de cabeça.

— Aqueles camaradas são da família também, é claro, não? Eles não me disseram nada, nenhum deles, por mais que o seu pai tivesse pagado fiança dos dois ao longo dos anos. A impressão que deu foi que eles não conheciam nenhum Jessup Dolly nem ninguém que correspondesse à descrição — disse ele, fumando e observando Ree atentamente. — Essa coisa toda pareceu meio estranha desde o começo. Meio esquisita. Essa casa e esse terreno de vocês não cobriam a fiança do homem, nem chegavam perto. Você sabia disso?

— Ninguém me disse nada. Eu descobri tudo só depois.

— Bom, ele não tinha dinheiro pra fiança, mas um sujeito apareceu no escritório uma noite com um saco plástico cheio de dinheiro amarrotado e cobriu o resto. Quando eu fui lá tirar ele da cela, o seu pai não parecia cem por cento certo de que *queria* sair da prisão, o que não costuma ser como eles agem, mas antes do amanhecer ele já tava fora. Como se alguém precisasse dele fora dali bem rápido.

— Ele era bom nisso de fazer *crank*.

– Foi o que me disseram. Talvez fosse isso, precisavam fazer umas levas e queriam que ele fizesse.
– Esse cara do dinheiro tinha nome? – perguntou Ree.
– Não. Deve ter esquecido no bolso da outra calça.
– Como ele era?
Satterfield olhou de soslaio pelo quintal, para a casa, para as árvores no morro.
– O saco plástico com dinheiro é tudo o que eu lembro, menina – disse ele. Deixou cair o cigarro na neve, esfregou com o bico pontudo e lustroso de seu sapato bonito de cidade. – Acho que vocês ainda têm uns trinta dias pra ficar aqui, moça. Na minha estimativa.

Dentro da cabeça de Ree houve um ruído que era um mundo de zíperes se fechando, e para onde quer que ela olhasse tudo ficava meio torto. O riacho ficava de alturas diferentes e balançava acima de sua cabeça, mole feito uma corda arrebentada, as casas ao longe se distorciam feito costelas e se emaranhavam, o céu girou para cima feito um prato azul colocado para secar num escorredor. Dentro a sensação era de sair escorregando, de alguma maneira sair escorregando para se escoar e se desfazer, se escoar e se desfazer de um jeito triste até um lugar bem longe dali.

Ela se atirou em Satterfield, agarrou e puxou as lapelas peludas do casaco de couro de ovelha.
– Só isso? É só isso? Não tem mais *nada* que eu possa fazer?
Ele soltou os dedos dela de sua gola, afastou-se.
– Não. Não, acho que não há mais nada a fazer – respondeu ele. Afastou o cabelo do rosto algumas vezes e se dirigiu

lentamente para a ponte, escolhendo cuidadosamente o caminho entre a neve e a lama. Parou na ponte e ficou olhando para a água limpa, lá embaixo, que corria para o sul, e então voltou-se para ela. – Nada, a não ser que você possa *provar* que ele morreu. Isso sem dúvida mudaria tudo. Gente morta não tem como aparecer no tribunal.

Ree ficou ali parada, a alma oscilando, até Satterfield chegar ao carro. Virou-se para subir os degraus da varanda com os pensamentos confusos e viu Gail parada na porta aberta, com os braços cruzados. Do lado de dentro vinham as vozes ressoantes dos meninos que animadamente examinavam a farta pilhagem das compras, batendo latas dentro dos armários, definindo em voz alta de quem seria tal e tal comida favorita. O rosto de Gail estava contraído de preocupação de tal forma que as sardas pareciam todas unidas num borrão, e seus olhos estavam semicerrados.

– Eu ouvi a última coisa que ele disse, Florzinha, *e você nem pense em fazer isso* – disse ela. – Eu te conheço, sei muito bem como você é, e eu tô repetindo pra você, *não volta lá de jeito nenhum.*

Do outro lado do riacho, o carro começou a se movimentar, acabou passando por cima de uma área cheia de lama entre as casas e derrapou na pressa de partir. A lama espirrou nas varandas da frente.

Ree mais caiu do que sentou no degrau superior, os joelhos separados, a cabeça baixa, e disse:

– E tem outro jeito?

─────────────── ◆ ───────────────

Ree desceu o morro de Hawkfall com nada além do sol vigiando seus passos. Caminhava com passos arrastados e barulhentos pela estrada e olhava para a fina fumaça que saía das chaminés lá embaixo. Ela virou duas vezes para trás para olhar na direção de casa, mas já não dava mais para ver a caminhonete velha. Ainda havia camadas de neve contornando a estrada, derretendo, mas os campos rapidamente se transformavam em áreas de lama com bordas brancas que se desfaziam. As vacas que andavam perto da cerca faziam um barulho de sucção cada vez que tiravam um casco da lama. A luz intensa do sol deixava as vacas brilhando e fazia o suor surgir no rosto de Ree. O casaco da Vó parecia pesado demais naquele tempo mais quente, mas ela ficou com ele durante toda a descida, até entrar no campo de velhas paredes caídas.

A neve que desaparecia deixava evidentes as velhas pedras em meio às diminutas ervas daninhas do inverno e à lama que surgia. Algumas das pedras estavam reunidas em montes de meio metro de altura e outras espalhadas em grupos, com carvalhos mirrados crescendo nos espaços estreitos entre elas. Vacas haviam pastado por ali e deixaram trilhas na grama e ao redor das pedras. Aqui e ali, pedacinhos de vitrais quebrados brilhavam cores-surpresa no meio da lama na trilha das vacas.

A estrada que subia até a casa de Thump Milton era coberta de cascalho e larga o suficiente para dois carros passarem. O cascalho escorregava sob os pés, então cada passo tinha o som de uma pá cavando. Árvores estendiam-se pela estrada e muitos pássaros cantavam nos galhos, mas com cantos diferentes. Perto da casa marrom, havia dois carros e duas caminhonetes estacionadas. Quando ela se aproximou, um cachorro Redbone Coonhound que descansava na traseira da picape ficou de pé e latiu.

A porta da casa se abriu e a Sra. Thump olhou para fora. Fechou-a por um breve momento e depois saiu com uma caneca fumegante. As tetas de seu corpo robusto chegavam até a barriga e oscilavam quando ela andava. Duas outras mulheres saíram para a varanda, atrás da Sra. Thump, e a postura e a mandíbula de ambas sugeriam que eram parentes próximas. Os cabelos brancos da Sra. Thump estavam enrolados em bobes grandes, cor-de-rosa, cobertos por um lenço quase todo amarelo.

Ree esticou a mão para a caneca fumegante, sorrindo, e disse:

— Na verdade, eu não...

E viu o mundo girar de cabeça para baixo enquanto seus ouvidos tiniam e ela cambaleava, e o mundo girou de novo e de novo e ela caiu no cascalho. Um dos bobes da Sra. Thump havia se soltado e agora pulava de sua cabeça enquanto ela jogava a enorme mão para trás para bater mais uma vez no rosto de Ree. Ree fechou o punho e deu um golpe em direção aos dentes grosseiros daquela boca vermelha, mas errou. As outras mulheres partiram para cima dela, chutando suas canelas com botas enquanto Ree recebia mais tapas fortes. Começou a sentir as juntas descolando, ficando moles, e sentia que de alguma maneira estava escorrendo para dentro da terra enquanto asas negras que voavam em ângulos atravessavam seus pensamentos, e das mulheres ouvia resmungos como de feras saídas de jaulas, e então caiu em um lugar onde só gemia e era chutada até o silêncio.

◇

Palavras chegavam até ela, mas nada que conseguisse entender. A dor era densa, estonteante, e lhe descia pelo corpo em ondas. Em seu espírito tudo estava negro, até que pequenas frestas de uma luz muito fraca começaram a chegar até o centro da consciência pelas bordas, mas seus primeiros pensamentos eram confusos e difíceis de atinar. Havia pás, ela ouviu o som de pás, várias pás cavando ao seu redor, e então foi jogada para cima e ficou pairando no ar em agonia até cair num chão diferente que cheirava a feno e ração de gado. Aterrissou gritando. Seus ouvidos fizeram um som feio, alto e surdo, e ela sentiu o nariz mais grosso. Sentiu gosto de sangue, cuspiu bolas no feno. A língua se moveu dentro da boca escorregadia até achar o ponto vazio de onde o sangue saía, onde antes havia dois dentes.

– Ela é doida de vir até aqui. Vocês não acham que isso significa que ela é doida?

Ela só conseguiu abrir um olho.

– A mãe dela é doida, então tem uma grande chance de ela ser doida também.

As mulheres estavam de pé ao redor dela, pináculos ameaçadores usando batom e cachecóis. Viram o olho abrir e ela se sentou, sentindo dor nas costelas, nas pernas, em tudo. Viu os dentes sujos e quebrados na palha, quebrados desde a raiz, e ela esticou o braço até eles, tateou até colocar os dois na palma da mão e fechou os dedos.

— Eu não sou doida. Não sou doida — murmurou. Cuspiu sangue e colocou os dentes num bolso do casaco da Vó.

A Sra. Thump chegou mais perto, até que pudesse enxergá-la, já com os cabelos arrumados por baixo de um lenço. Parecia calma e sombria.

— A gente te avisou. A gente te avisou e mesmo assim você não obedeceu. Por que você não obedeceu?

— Eu *não posso* ouvir e obedecer. Eu não posso *só* ouvir.

Ela movia a cabeça lentamente, oscilando enquanto tentava mirar com o olho bom, e viu que havia outras pessoas no celeiro. Vultos movimentando-se perto da porta dupla aberta, usando chapéus de homem, fumando, observando em silêncio. Um dos chapéus de homem se aproximou. Megan agachou-se, deu tapinhas de leve no rosto de Ree e disse:

— O que a gente vai ter que fazer com você, hein, menina? Hein?

— Me matar, eu acho.

— Essa ideia a gente já teve. Você tem outra?

— Me ajudar. Aposto que ninguém deu essa ideia ainda, não é?

O olho que não enxergava estava inchado, as pálpebras esticadas e totalmente fechadas. Ela sentia o inchaço e tentou abrir a pálpebra, mas não conseguia nem enxergar um pouco da luz. Precisava cuspir sangue, que saía em bolotas pesadas com uma baba que insistia em parar no rosto e no queixo. Com a língua, sentia os rasgões da própria carne dentro da boca. Havia vômito em sua saia e as pernas tinham hematomas que ficavam com cores mais feias quanto mais ela olhava para eles.

– Eu tentei te ajudar naquele dia, e olha só o que acontece – disse Megan.

Perto da porta, o pequeno grupo de pessoas começou a se afastar, a abrir caminho, e embora ninguém tivesse pronunciado seu nome, Ree sabia que Thump Milton havia entrado no celeiro. Ree podia ver que um vulto com algo na cabeça se aproximava, um vulto com um tipo de chapéu de inverno de fazendeiro com cobertura para as orelhas e a parte de cima comprida. Megan reconheceu o chapéu que avançava, e então se pôs de pé e rapidamente ficou de lado.

Thump Milton avançou sobre Ree, um homem lendário, o rosto como um monumento feito de pedras das Ozarks, com ângulos, projeções e partes frias que o sol jamais tocava. Sua barba comprida era grisalha, mas seus movimentos eram jovens. Ele se agachou, agarrou o queixo de Ree e virou sua cabeça de um lado para o outro, examinando o estrago. Ele era maior do que ela pensava, as mãos fortes feito um rio de tempestade. Os olhos dele penetravam bem no fundo sem pedir permissão e pilhavam o que queriam.

– Se você tem alguma coisa pra falar, menina, melhor falar agora – disse ele.

Era uma voz que erguia martelos, longas sombras.

Ree podia sentir o ardor da urina secando em suas pernas e algo mais grosso amassado na calcinha. Sobre as vigas, pombos observavam. Cheiro de couro com suor, ração derramada, bezerros com medo. Ree virou para o lado e vomitou sangue e almoço na direção de um balde de lavagem, mas errou feio. Quando levantou os olhos para Thump Milton, as mulheres e os outros chapéus da porta tinham se aproximado para ficar bem atrás dele. Ela reconheceu Little Arthur, Spider Milton, Cotton Milton, Buster Leroy e um dos homens da família Boshell, Sleepy John.

Ela falou em voz baixa, com a cabeça baixa, as palavras enfraquecidas pela lama de sangue vermelho e pela moleza de sua boca.

– Eu tenho dois irmãos pequenos que não sabem se alimentar sozinhos... ainda. A minha mãe é doente, e ela sempre... vai ser doente. Daqui a pouco a polícia vai tirar a nossa casa e vai expulsar a gente... a gente vai morar no meio do nada... feito cachorro. Feito cachorro sarnento. A única esperança que eu tenho pra ficar com a casa é... é... eu tenho que *provar*... que o Pai morreu. Quem matou ele, eu não preciso... saber. Eu não quero nunca saber. Se o Pai fez uma coisa errada, ele pagou. Mas eu não posso ficar pra sempre com aqueles... meninos nas costas... e a minha Mãe... sem aquela casa pra ajudar.

Suas palavras foram recebidas pelo mais perfeito silêncio, um momento de atmosfera carregada, e então Thump Milton ficou de pé e saiu do celeiro. A Sra. Thump e dois homens foram com ele. Os outros começaram a se reunir novamente perto da porta, sussurrando. Acenderam cigarros e começaram a dizer coisas engraçadas. O grupo dava risadinhas de coisas engraçadas que ela não conseguia ouvir e havia uma terrível vibração em seus ouvidos. Megan movimentava-se à beira do grupo, e duas vezes Ree teve a impressão de que ela fez um aceno de cabeça na sua direção.

Ree se deitou no chão do celeiro, sentindo o molhado patético de suas próprias fezes, e ficou olhando para cima. Os pombos nas vigas continuavam terrivelmente quietos. Placas de leilão de muito tempo atrás estavam pregadas na parte de baixo do palheiro, e Ree ficou olhando para elas, mas não conseguia deixar a visão parada tempo suficiente para ler nada que estivesse à venda. Sentiu o borbulhar grotesco em sua barriga e virou para o lado para vomitar, mas não conseguiu. Sangue escorreu do lado da boca até o lóbulo da orelha e ela ficou pensando se o Pai não estaria também deitado de lado, ou se estava morto numa posição diferente.

O cachorro do lado de fora latiu de novo e um homem parado na porta disse:

— Quem é que tá vindo ali tão rápido?

— Aquela picape é verde? – perguntou Little Arthur.

— Parece.

— Merda! É a picape do Teardrop. O Teardrop é tio dela, caralho. Quem foi que chamou ele, diabo?

— Eu sei lá, mas tenho que pegar rápido uma coisa no carro — respondeu o homem. — Não vou ficar aqui desarmado quando aquele filho da puta entrar e vir ela toda ensanguentada ali.

Ree ficou sentada e uma das mulheres deu dois passos em sua direção e sussurrou:

— Olha só o que você fez!

A porta da picape bateu e ela ouviu passos atravessando o cascalho.

A voz de Little Arthur:

— Ei, Teardrop, o que...

— Cadê ela?

— Não fica nervoso.

— Ela tá aí dentro?

As mulheres e os homens com chapéu abriram caminho para Teardrop. Ele mantinha a mão direita enfiada bem fundo no bolso de sua jaqueta de couro remendada. O sol brilhava atrás dele, então seu rosto estava indefinido por sua própria sombra. Não usava nada na cabeça e seus olhos se movimentavam rapidamente pelo grupo. Ele deu alguns passos na direção de Ree e parou de repente.

— A gente avisou ela, cara, mas ela não ouviu — disse Little Arthur.

A postura de Teardrop pareceu ficar mais ereta enquanto ele olhava para Ree, mas a expressão em seu rosto não mudou. Seus olhos continuavam a observar o rosto dela, as pernas, os respingos de sangue fresco e ressecado que entrecortavam o rosto, o queixo e o pescoço. Ele se virou para Little Arthur, os pés afastados no chão.

— Você bateu nela?

Little Arthur colocou um braço na parte de trás das costas, debaixo da camisa, levando a mão ao cinto.

— E o que você vai fazer se eu tiver batido? — disse ele.

— Diz que sim e você vai ver.

A Sra. Thump voltou com passos rápidos e pesados para o celeiro e se interpôs entre eles, agitando as mãos.

— De jeito nenhum! Nenhum homem encostou o dedo nessa menina maluca!

— Nenhum homem?

— Eu mesma bati nela.

— De jeito nenhum você bateu nela desse jeito sozinha — disse Teardrop.

— Eu e as minhas irmãs. Elas tavam aqui também.

O grupo começou a se afastar e abrir caminho mais uma vez, e Thump Milton retornou ao celeiro. Buster Leroy e Sleepy John vinham junto e os dois traziam espingardas, com os canos voltados para cima, os dedos perto do gatilho. Thump Milton vinha com passos largos, sem hesitar, e parou a um passo de distância de Teardrop. Os passos rápidos tinham feito subir a poeira do celeiro e ele ficou ali parado em meio a uma nuvem de ciscos que brilhavam ao sol. Ficou encarando Teardrop diretamente nos olhos e disse:

— Vai se explicando, Haslam.

Teardrop encarou de volta e não cedeu. Apontou com a mão esquerda enquanto falava.

— Eu nunca falei uma única palavra sobre o meu irmão. Nunca perguntei nada pra ninguém sobre o meu irmão e nunca fui atrás dele, também. O que o Jessup fez foi contra os nossos costumes, ele sabia disso e eu sei disso, e eu não quis saber o que aconteceu com ele. *Mas ela não é o meu irmão.* Ela é minha sobrinha, e ela é praticamente a família próxima que me resta, então eu tô levando ela embora agora e levando ela pra casa. Isso tá bom pra você, Thump?

— Você tá disposto a defender ela, então?

— Se ela fizer alguma coisa de errado, pode pôr na minha conta.

— Tá certo. Agora ela é responsabilidade sua.

— Essa aí é uma menina que não sai dizendo nada pra ninguém.

Um poste de madeira próximo pareceu-lhe útil e Ree foi engatinhando até ele. A madeira era áspera e arranhava suas mãos enquanto ela se colocava de pé e tudo o que via girava em círculos lentos. Gemidos saíam de seu peito ossudo. Merda vazava de sua calcinha e ela sentia nojeiras escorrerem por suas coxas. Afofou a saia amassada e a arrumou para baixo. Cambaleava de pé e percebeu que Thump Milton e Tio Teardrop tinham virado para observá-la.

— Ponham a menina na caminhonete do Haslam — disse Thump Milton. — Carreguem ela se for preciso. — Encarou Teardrop mais uma vez e disse:

— Isso termina aqui?

Teardrop não tirou os olhos de Ree para falar com Thump Milton.

— Se alguém encostar um dedo nessa menina mais uma vez, é melhor que tenha atirado em mim primeiro.

Megan e Spider Milton colocaram Ree entre eles e a carregaram para fora do celeiro. Seus pés se arrastaram no pó e os pombos voaram das vigas. As pessoas ficaram em silêncio enquanto ela era carregada pelo cascalho até a picape verde, somente o Redbone latiu mais uma vez e aqueles pássaros nas árvores ainda cantavam seus diferentes cantos.

---◊---

Havia um eco em seu olho. Ela olhava de dentro da caminhonete que corria, e tudo que ela via – casa, estacas de cerca, cabra, vaca, pássaro, sol brilhando – tinha um eco de si mesmo. Todos os ecos tremulavam um pouco e, se o objeto real se movesse, o eco às vezes se atrasava e desaparecia de vista durante um ou dois segundos até alcançar o outro de novo e ficar bem perto, causando duplos cintilantes em seu olho.

Tio Teardrop ficou olhando pelo retrovisor até a picape chegar na crista de uma subida e na descida ele pisou nos freios, então deu marcha a ré no asfalto e entrou assim numa estradinha de terra meio incerta. Foi rápido de marcha a ré passando por sulcos profundos numa área reflorestada, passando por um celeiro abandonado e entrando numa plantação de macieiras mortas. Ali naquele pomar era escuro à luz do dia, um espaço oculto entre as árvores que apodreciam e com uma vista para a estrada que saía de Hawkfall.

Ele abriu a porta, saiu da picape para alcançar melhor por baixo do assento. Quando voltou a se sentar atrás do volante, segurava um rifle FG 42 com coronha dobrável de metal e cartucho comprido, uma escopeta com cano curto e um revólver pequeno branco. Colocou a escopeta perto de Ree, bateu com o dedo em seu joelho.

– Pro caso de eles aparecerem – disse. Inclinou-se para ela, virou-lhe o rosto para cima e olhou dentro de sua boca. Ele suava e sua respiração estava curta. – Aquela Gail salvou mesmo a sua pele – comentou. Levantou a parte de trás da camisa dela, torceu a ponta até ficar grossa e enfiou na boca de Ree. – Coloca no ponto onde tá sangrando e fica mordendo. Não fala nem faz nada, só fica mordendo forte até parar de sangrar.

Ela podia sentir o sangue impulsionado pelas batidas de seu coração pulsando dos lugares rasgados em sua pele. Viu quatro olhos e duas orelhas e um turbilhão de lágrimas azuis no rosto do Tio Teardrop. Levou a mão lentamente para a escopeta, conseguiu achá-la mais pelo tato do que pela visão. Sentiu o cano frio com o dedo, mordeu a camisa e quase chorou sentindo o fedor que subia de si mesma.

Teardrop esticou a mão para o porta-luvas e tirou de lá uma mamadeira cheia de *crank*. Desenroscou a tampa, colocou no painel, cheirou da mamadeira duas vezes, bateu no volante.

– Você tem que estar preparada pra morrer todo dia, aí você tem uma chance – disse. Ficou sentado na sombra projetada pelos galhos de uma macieira seca, olhando para a estrada. – Agora você tá me devendo. Entendeu? Você agora me deve uma grande, menina. Se você fizer alguma coisa errada, quem paga sou eu. Você faz besteira e quem paga sou eu. Jessup, ele foi e fez besteira, o bobalhão. Jessup foi e deu uma de dedo-duro, e essa é uma das regras mais antigas de todas, não é? Eu nunca pensei... mas ele não conseguia encarar essa última prisão, não conseguia encarar ficar dez anos lá dentro. E além disso tinha a sua mãe, sentada em casa, louca pra sempre. Isso mexeu com ele. Os meninos. Você. Ele começou a falar com aquele bosta do Baskin, mas eu quero que você saiba que o Jessup, o Jessup não ia entregar *nenhum homem de Rathlin Valley*. Hã-hã, hã-hã. Ele dizia que não ia. De jeito nenhum. Ele dizia... porra, ele dizia todo tipo de... Se eu pudesse viver de novo, menina, o primeiro filho da mãe que eu matei ainda ia estar andando por aí. Mas... diabo, nunca acharam e eu... Você tá me forçando a ficar na mira, menina. Entendeu? Você tá me colocando exatamente no tipo de situação que eu tô tentando evitar. Eles tão esperando pra ver se eu vou fazer alguma coisa. Só observando. Escuta... do jeito que as coisas são... do jeito que eu *acho* que... são, eu não posso *saber* quem matou o Jessup. Eu posso desconfiar de um ou dois homens, tenho um pressentimento, mas não posso saber com certeza *quem* foi que matou o meu irmão caçula. Mesmo ele tendo feito coisa errada, e ele fez, porque... ia me comer por dentro saber quem foi que eles mandaram. Ia me comer por dentro feito formiga. E aí... ia vir aquela noite... aquela noite em que eu posso ter cheirado demais, e aí eu acabo aparecendo em algum canto e vejo algum filho da puta tomando cerveja e rindo de uma piada e aí... caramba... e aí fodeu. E aí todo mundo vai vir atrás de mim... Buster Leroy... Little Arthur... Cotton Milton, Whoop Milton... Dog.... Punch... Hog-jaw... aquele filho da puta de olho caído, o Sleepy John. Mas enfim, moça, eu te ajudo um pouco, cuido de você até você achar os ossos dele, mas você tem que me prometer que mesmo você achando, você não vai poder *nunca* me contar quem é que matou o meu irmão. Saber isso só pode significar que eu mesmo posso morrer em breve. Entendeu?

Ree deslizou a mão do cano da escopeta até o braço do Tio Teardrop e apertou, e depois apertou de novo. Ele virou o rosto para o outro lado e deu a partida. Galhos mortos rasparam na picape e caíram no chão. Ele saiu do pomar, atravessou o campo escarpado e foi para a estrada.

– Você tá horrível. Vamos lá pra sua casa – disse ele.

O mundo ficou ondulando em seu campo de visão até ela fechar o olho e deixar a cabeça apoiada na janela. Teardrop dirigia pelas estradas de terra, pegou o atalho até a casa, e quando o caminhão desceu cachoalhando a estradinha ele começou a buzinar. Ree abriu o olho. Ele parou bem perto da varanda ondulante com o balaústre que dançava e deu a volta para abrir a porta de Ree. Gail saltou os degraus e correu junto com seu eco para a picape e os meninos também ecoaram um grupo de quatro até pararem na porta atrás dela. Pareciam aturdidos e quase enojados ao ver o rosto de Ree. Gail começou a chorar na hora. Ela e Teardrop levantaram Ree do assento. Ree cuspiu o tecido manchado da boca, descansou a cabeça em Gail e sussurrou:

– Me ajuda a tomar banho. Queima as minhas roupas. Por favor. Me ajuda a tomar banho.

Todas as suas dores pareciam se juntar num coro para cantar a dor através de sua carne e de seus pensamentos. Gail a colocou de pé nua e limpou seu corpo como se ela fosse um bebê, usando a saia suja para limpar a sujeira espalhada no traseiro, nas coxas e também atrás dos joelhos. Gail encostava os dedos nos vergões e hematomas e tremia entre os soluços. Quando Ree se movia, ela ficava mole e cambaleava: era o coro de dores dentro dela atingindo novas e agudas notas. Sua agonia era a música e essa música tinha inúmeras vozes e Gail a colocou dentro da banheira onde, mergulhada até o queixo em água morna, ela conseguiu perceber um leve abafar daquele coro, com exceção das vozes em sua cabeça.

⎯⎯⎯⎯⎯⎯⎯⎯⎯ ◆ ⎯⎯⎯⎯⎯⎯⎯⎯⎯

As mulheres de Rathlin Valley começaram a atravessar o riacho para ir vê-la quando ela ainda estava na banheira. Sonya levou para dentro do banheiro Betsy e a viúva de Caradoc Dolly, Permelia, a dona da terceira casa na fileira das três do outro lado, fechou a porta na cara dos meninos que esperavam, pálidos, com rostos abatidos. Ree estava com o olho bom aberto um pouco, deitada na água com uma leve camada de espuma. As mulheres ficaram reunidas, olhando para baixo, para os hematomas de várias cores sobre a pele cor de leite, o olho inchado, a boca arrebentada. Mantinham os lábios cerrados e balançavam a cabeça. Permelia, idosa, mas muito ágil, testemunha de inúmeros ferimentos, disse:

— Nada justifica bater numa moça desse jeito.

— A Merab tem cabeça quente — disse Sonya.

— Deixou a menina toda roxa.

— As irmãs dela ajudaram.

Betsy, esposa de Catfish Milton, grisalha ainda jovem mas bonita, começou a tremer. Betsy nunca foi de falar muito, mas, em todos aqueles anos desde que ela perdera a filha mais querida para um galho de árvore que caiu num dia azul e sem vento, às vezes era possível ouvi-la de noite gritando ameaças no quintal para as estrelas que mais a perturbavam. Ela se ajoelhou perto da banheira, colocou a palma da mão sobre a barriga de Ree e fez uma carícia em círculo, e depois ficou de pé, trêmula, e fugiu do banheiro.

O som dos meninos choramingando na sala chegou até a porta do banheiro.

A voz de Tio Teardrop irritado, "Fiquem quietos, caramba", e eles ficaram.

– O que eu digo é que isso é errado – disse Permelia. – Não é certo bater numa moça desse jeito. Não entre a nossa própria gente.

– Dá pra ver três tipos diferentes de sola nas pernas dela ali – disse Sonya. – Devem ter demorado um tanto pra deixar ela baqueada desse jeito. – Balançou a cabeça e depois entregou um frasco de plástico laranja para Gail, dizendo:

– É analgésico da histerectomia da Betsy. Começa dando dois pra ela.

– Só dois?

– Ela vai querer mais, mas começa só com dois, aí você aumenta até a quantidade que deixar ela descansar.

———◆———

Ao anoitecer, Ree já tinha três tipos diferentes de analgésicos no chão perto de seus dentes. Dentro da cabeça, ela decorava uma caverna. Seus dentes pareciam aquelas batatas arrancadas debaixo do chão atrás do celeiro, ainda com as raízes duras e duplas. Victoria apareceu, sentou-se aos pés da cama e a viu daquele jeito, tão dilacerada com os dois dentes no chão. Ree podia sentir o vão com a língua. Victoria foi desaparecendo até ficar numa cor pálida e lhe dizia coisas, ou não dizia, mas deixou dois tipos diferentes de pílulas do Tio Teardrop que ninaram Ree em nuvens cor-de-rosa quentinhas. Levar a mobília morro acima seria a primeira coisa difícil. Seria preciso um monte de corda. Colocaria as camas no meio da caverna, talvez, longe do fogo, mas não muito. Os meninos ali, a Mãe aqui. Levaria a mesa e as cadeiras, as duas armas, a cômoda da Tia Bernadette — ou será que a umidade da caverna ia estragar a madeira das coisas, criar bolhas no verniz, empenar as gavetas até elas ficarem difíceis de abrir?

Talvez ela precisasse vender os móveis bons.

E também ir para a cidade colocar os dentes.

Os meninos se aproximaram e ficaram ao seu lado no começo da noite, sentados, desolados, a cabeça baixa, como se quisessem saber rezar as preces mais antigas para bem rezar para a irmã. Harold colocava um pano frio no olho inchado de Ree. Sonny cerrava as mãos em punho e perguntava:

— Sobre o que foi essa briga?

— Eu sendo eu, imagino.

— Quantas pessoas te bateram?

— Algumas.

— Diz os nomes pra gente. Pra quando a gente crescer.

— Eu tô me sentindo muito bem com os comprimidos agora, meninos. Me deixem dormir.

Daria para desenrolar um tapete enorme pelo chão da caverna pra cobrir o pó e fazer uma superfície macia. Levar o fogão a lenha. As lamparinas, a corda do varal, as facas. Terminar de empilhar pedras na boca da caverna. Pegar todos os penicos e colocar embaixo das camas. Algo pra cozinhar... abridores de lata... sabonete... céus!

Ela dormiu até as horas mais negras da madrugada. Revirava-se no sono e tentava se esquivar dos socos que voavam em seus sonhos. Punhos que saíam da escuridão, botas que nunca brilhavam, grunhidos horríveis de mulheres que se sentiam virtuosas batendo no que quer que fosse. Os pontos frios e o rosto anguloso de Thump... os chapéus... o corpo do Pai pendurado de cabeça para baixo num galho para que o sangue escorresse de seu pescoço cortado para dentro de um balde preto.

Eu nunca vou ser doida!

Dentro do balde, um peixe dourado com rabo brilhante ia nadando e escrevendo palavras nítidas no sangue, palavras nítidas mas que desapareciam tão rápido que não dava para entender, deixando a mente tentando adivinhar o que o peixe tentava dizer com elas e com todo aquele brilho no sangue.

Eu nunca vou ser doida!

A voz de Gail:

– Florzinha, você quer mais uns comprimidos? Você tá se revirando.

– Tá. Me dá o azul.

– Mas não tem água.

– Eu tenho que ir ao banheiro mesmo.

– Toma dois.

Ree ficou de pé e foi andando pelo chão frio, andou lentamente e se curvou. Luas redondas de dor brilhavam em locais de sua carne e quando ela se movia as luas se chocavam e se estremeciam. Quando ela se sentou na banqueta, era como se todas as partes enrijecidas em seu corpo se abrissem e soltassem dores novas. Ela pegou os comprimidos e bebeu água da torneira com as mãos em concha, e então voltou com passos arrastados no escuro.

Ela viu a sombra do cano do rifle antes de ver o homem. O homem estava perto da janela, e o rifle estava apoiado no braço do sofá. Ela sentia que ele a observava, mas tentou ficar imóvel como a escuridão e se camuflar mesmo assim. Esqueceu-se de como era respirar, até que Tio Teardrop disse:

– Volta pra cama.
– O que... tá acontecendo?
– Eu não confio muito na sorte, só isso.

Ela se sentou na outra extremidade do sofá. A portinhola do fogão a lenha estava aberta e, com o brilho fraco que vinha lá de dentro, ela podia ver a cabeça dos dois meninos sobre os travesseiros na cama, os pés para fora do cobertor.

– Eu acho que eu vou ficar bem – disse Ree. – Não amanhã nem depois, mas vou ficar.

– Hã.

Ree deixou a cabeça recostar no sofá e fechou o olho. Sentia-se falante lá dentro de sua nuvem cor-de-rosa, loquaz, talvez até com vontade de partilhar segredos.

– O que eu não suporto, o que eu não consigo suportar é... a vergonha que eu sinto... do Pai. Trair, dedurar os outros... vai contra tudo.

O vento sacudia as janelas nos batentes. A luz do quintal do outro lado fazia um brilho fosco sobre o gelo velho nos vidros da janela. A Mãe roncava, roncos curtos que continuavam sem parar. O cheiro de um cinzeiro cada vez mais cheio pairava no ar.

– Bom, ele amava vocês. Foi aí que ele fraquejou.

– Mas...

– Escuta, menina. Muitos de nós conseguem ter casca grossa, aguentar muita coisa mesmo, e conseguem ser assim durante muito tempo – disse ele. Apontou para o quarto da Mãe, ficou apontando rápido com o braço estendido. – A

Connie ali, a Connie também já aguentou muita coisa, entendeu? Aguentou, sim. De verdade. Foi casca grossa e já aguentou tiro, o Jessup na prisão e um monte de merda antes, eu não sei por quê, mas de repente foi como se ela perdesse um parafuso e todo o bom-senso dela fosse embora.

– Mas dedurar...

– Nem sempre o Jessup foi dedo-duro. Durante muitos e muitos anos ele não delatou ninguém. Ele *nunca foi, nunca foi, nunca foi*, e de repente um dia ele foi.

Ree olhou para o fogão a lenha e viu que Sonny agora estava sentado na cama, escutando, encostado na parede, ouvindo palavras que ia ficar ruminando para o resto da vida.

– É por isso que todo mundo meio que evita a gente agora, não é? – perguntou ela.

Um cheiro veio da direção de Tio Teardrop, um fedor pungente de algo cozido, como se algo elétrico tivesse sido deixado muito tempo na tomada e estivesse queimando. Ele acendeu algo para fumar, inclinou-se para Ree e, ao se aproximar, expôs o lado derretido do rosto a um ponto fraco de luz.

– Os Dollys dessas bandas não são de passar a mão na cabeça da família de um dedo-duro. É assim que a gente sempre foi – disse ele. – Nossa gente é antiga, a nossa família e o nosso jeito de viver, é assim desde antes do menino Jesus arrotar leite e fazer cocô. Entendeu? Mas essa coisa de não passar a mão na cabeça pode mudar um pouco. Com o tempo. As pessoas perceberam o quanto você tem fibra, menina.

Ree ficou olhando enquanto ele fumava, observava e esperava sonolenta até que ele se inclinou para trás, desenrolou um saquinho de *crank*, enfiou um dedo no pó, cheirou, engasgou, cheirou mais um pouco. Teardrop inalou forte. Ela bocejou e disse:

– Você sempre me meteu medo, Tio Teardrop.

– É porque você é inteligente.

Os comprimidos azuis floresceram dentro de Ree e a fizeram de repente cair no escuro. Ela pendeu para o lado, babando no sofá, até que Teardrop a acordou cutucando-a com o dedo. Ela ficou de pé, arrastou-se para a cama e deitou-se sentindo o quadril encostado no de Gail. Ajeitou o travesseiro mais fofo que tinha e logo voltou ao sono mais profundo, sem imagens passando na cabeça, sem gritos, só a escuridão e o sono e o calor radiante de duas pessoas deitadas juntas debaixo das cobertas.

Durante toda a manhã a impressão era a de que violinos escondidos tocavam músicas tristes e lentas e todos na casa ouviam e absorviam o ânimo da música. Os meninos estavam contemplativos, alertas mas contemplativos, calados enquanto comiam os ovos mexidos com mortadela que Gail misturou na frigideira negra. A Mãe ficou no quarto e Sonny levou um prato para ela. Ned fazia seus ruídos de bebê dentro do carregador sobre a mesa. A música oculta dos violinos enchia o ar com uma névoa tranquila de notas baixas, mas de vez em quando deixava escapar notas altas e rebeldes que faziam as pessoas olharem para cima. Ree usava o garfo para partir a comida em pedacinhos menores e depois mastigava devagar com o lado não quebrado da boca. O café fazia o lado quebrado pulsar de dor.

– Será que você vai enxergar de novo com o seu olho inchado? – perguntou Sonny.

– É o que dizem.

– Ainda não tá conseguindo enxergar nada com ele?

As palavras saíam moles através dos lábios inchados de Ree.

– Consigo ver que tá de dia. Ver as sombras passando.

– Tem dois Miltons lá de Hawkfall na minha sala. Quer que eu bata neles? – perguntou Harold.

– Não, Harold.

– Sou amigo de um, mas eu brigo com ele mesmo assim se você mandar.

– *Não*. Nada disso. Não faz isso. Não agora.

– Quando, então? – perguntou Sonny.

– Se chegar a hora, eu digo.

Os meninos foram pegar o ônibus da escola. O sol da manhã dava um brilho dourado a tudo de madeira e fez uma poça ardente e brilhante em cima da mesa. Ree sentiu-se tonta de repente olhando para aquele brilho, empurrou a mesa, levantou e sentou na cadeira de balanço da Mãe. Engoliu os últimos comprimidos para histerectomia que restavam e ficou fazendo hum-hum junto com os violinos. A música era uma balada cuja letra ela não conseguia mais lembrar, mas era fácil de cantarolar a melodia. Gail estava no lugar de Ree na pia, lavando pratos com os ombros caídos enquanto olhava pela janela, para a vista escarpada de pedra calcária e lama. Ree observava as costas fortes de Gail, as mãos que esfregavam, e então de repente viu a si mesma inutilizada por comprimidos consumidos pela manhã, sentada perto do fogão a lenha, acompanhando a música de violinos invisíveis, e na mesma hora começou a tremer na cadeira de balanço, tremer e se sentir fraca no corpo inteiro. Partes fracas de seu corpo se desfaziam dentro dela feito as margens de lama ao longo de um rio, desmoronando para dentro e espirrando

sentimentos enormes que ela não conseguia suportar. Segurou com força os braços da cadeira de balanço, empurrou e empurrou até conseguir ficar de pé, foi até uma cadeira perto da mesa e deitou a cabeça na poça de brilho ardente.
Eu nunca vou ser doida!
Gail pendurou a esponja na torneira, virou-se para ela e disse:
– Pronto.
– Você tá me ajudando muito.
Gail ficou perto de Ned, acomodou melhor o cobertor, ajustou seu chapeuzinho.
– Tem um lugar pra onde eu quero te levar, Florzinha. Dizem que é um lugar que vai fazer você se sentir melhor.
– Não sei. Eu tô tão dura pra andar.
– Toma. Leva isso – disse Gail, esticando a mão num canto e pegando uma vassoura velha e suja, com a palha cortada e já gasta de tanto uso. – Você pode usar essa vassoura de muleta. Eu vou te levar, mas a gente vai ter que andar *um pouco*.
A vassoura ajudava. Ree colocou a parte da palha sob a axila e se apoiou nela. Foi andando com o cabo de vassoura no chão, com um barulho de perna de pau, até a porta do quarto da Mãe. Descansou contra a ombreira e tentou enxergar no escuro.
– Mãe, melhor você sair do quarto. É assim que eu tô agora. Eu sei que você não gosta de ver, mas é melhor você sair do quarto e tomar um pouco de sol. A sua cadeira já tá quentinha

pra você. Eu só vou ficar assim um tempo, depois eu vou ficar quase igual ao que eu era antes.

— Vamos? — disse Gail.

Da cama no escuro, nenhuma resposta, nenhuma palavra ou movimento, e Ree deu meia-volta, enfiou o cabo com força no chão e foi claudicando até a porta da frente. Pegou o casaco da Vó do gancho da parede e se enfiou nas mangas.

— Acha que eu devo levar minha espingarda?

— Eu levaria. Se você precisar, não vai ter tempo de mandar ninguém pra buscar.

— Eu não ia achar ruim precisar hoje. Já até escolhi uns alvos.

— Bom, eu só espero que isso não aconteça com o Ned com a gente, é só isso que eu peço.

— Ah, não se preocupa. Acho que eles não vêm mais atrás de mim.

Ree foi levando a espingarda e Gail foi levando o bebê. Ree desceu mancando os degraus da varanda com sua vassoura até a caminhonete velha e percebeu um grupo de mulheres observando do outro lado do riacho. Sonya, Betsy e Permelia de pé com duas mulheres casadas com Tankerslys de Haslam Springs e duas mulheres que Ree não conseguia reconhecer. Gail deu a partida e saiu devagar pela estradinha. Acenou quando chegou no mesmo nível das mulheres.

— Que será que elas tão fazendo ali? — perguntou Ree.

— Devem estar falando de você, aposto. Aquela ali é a Jerrilyn Tankersly e a outra eu acho que se chama Pam.

— Acho que eu conheço as duas – mas quem são as outras?
— Uma é Boshell. Tenho quase certeza que é uma Boshell. E a outra é uma Pinckney que casou com um Milton. A alta é a Boshell. As duas são lá dos lados de Hawkfall.
— Acha que elas tão fofocando sobre mim?
— Daqui, parece que é a *Sonya* que tá falando coisas. A boca delas não tá mexendo muito.

Ree riu, depois fez uma careta com a dor dos lábios esticados e disse:
— Diabo, nenhuma que eu queria atirar tá ali a céu aberto. Se tivesse, daria pra acertar numa daqui.

Gail virou o pescoço para olhar para o grupo de mulheres.
— Acho que na verdade a Sonya tava te defendendo, Florzinha.
— Hã. Ela tem uma queda pelo Sonny. Não consegue evitar.

Chegando na estrada, Gail continuou na direção sul, atravessando direto o asfalto e continuando na estradinha de terra. Arame farpado pregado em postes de madeira tortos fazia uma cerca frouxa no lado oeste da estradinha. Um tatu atropelado tinha sido jogado na cerca e acabou ficando grudado no arame com o rabo para cima, carcomido até virar uma casca sem olhos que sacudia na brisa.

— Ele sabe? O Sonny? – perguntou Gail.
— Não da gente. Se ele sabe, é de alguém falando por aí, porque a gente mesmo nunca falou – respondeu Ree. O lado leste da estrada de terra pertencia ao governo e uma muralha

de árvores crescia ali perto. Os galhos acima transformavam a luz do sol em um quebra-cabeça que caía no chão numa confusão de estilhaços e meias-luas brilhantes. Latas de cerveja, garrafas de uísque e sacos de pão enfeiavam a vala entre a estradinha e as árvores. – O exército aceita a gente mesmo sem todos os dentes, né?

– Não sei. Imagino que sim. Por que não aceitariam?

Ned se espreguiçou e soltou um pequeno gemido, abriu os olhos, fez um biquinho e voltou a dormir instantaneamente. Ele tinha um cheirinho bom, as árvores eram altas e a caminhonete chacolejava nos sulcos da estrada. Nuvens densas coroavam o horizonte ao noroeste, uma divisa que era uma advertência cinza e agitada tomando conta do céu.

– O Blond Milton disse que ele e a Sonya podiam ficar com o Sonny. Eu te contei isso? Criar ele daqui pra frente por mim.

– Foi, é? Isso pode ajudar um pouco.

– Mas aí ele vai transformar o Sonny naquilo que eu não queria que ele fosse.

– Claro que vai. É por isso que ele quer o garoto. É por isso que todos eles querem filhos. E o Harold?

– Pra ele o Harold não é especial. Nem a Mãe.

– Bom, mas o que você pode fazer? Você já pensou *nisso*?

Os comprimidos desviavam a dor do corpo, mas nada faziam com seus pensamentos dolorosos a não ser deixá-los lentos, numa velocidade bocejante, demorados. A espingarda estava apoiada para cima entre seus joelhos e ela segurava o cano duplo com as duas mãos.

— Deixar a Mãe na porta do sanatório, imagino. Implorar pra Victoria e pro Teardrop ficarem com o Harold — respondeu Ree.

Gail balançou a cabeça lentamente, colocou dois dedos no peito de Ned.

— Meu Deus, espero que não seja assim, Florzinha. Espero de verdade que não. Não acho que o Harold é do tipo que aguenta ir pra prisão.

Ree ficou olhando pra frente, para a poeira solta na estrada de terra, enquanto nuvens baixas de poeira apareciam ao lado e corriam atrás dos pneus. A estrada era quase sempre reta e até que lisa por entre a floresta do governo. A caminhonete subiu um morro e desceu por um vale comprido que foi estreitando até chegar à nascente de um riacho. Escarpas de pedras austeras circundavam o leito, com riscas negras de anos e anos de goteiras, com rochas semelhantes caídas na beira da água. As escarpas mantinham a piscina natural à sombra, com exceção de um período de duas horas antes e depois do meio-dia. Urubus-de-cabeça-vermelha abriam as asas e planavam em círculos pacientes e cada vez menores acima do leito.

— É pra *este* lugar que você tá me levando?

— Isso. Bucket Spring. Lembra de Bucket Spring? A água aqui vai te fazer bem.

— Mas essa água é fria pra diabo!

— É por isso que ela é boa. É o que vai ajudar com os seus machucados e galos e tal.

— Mas a água aqui é um gelo!

— Confia em mim.

Havia espaço para estacionar acima da nascente, e toras fincadas na posição horizontal no declive eram os degraus que levavam para a água límpida. No ponto onde a nascente fervia da terra, a água era de um azul frio e divino que subia e pululava na superfície. À medida que a água descia pelo riacho, o azul ia diminuindo para uma clareza cristalina, e pés de agrião cresciam em faixas verdes brilhantes ao longo do leito. Rochas grandes haviam caído em pilhas irregulares perto da nascente e algumas chegaram à piscina natural, fazendo bancos angulosos.

Gail ajudou Ree a sair da caminhonete. Ree foi descendo os poucos degraus de terra com extremidades de madeira apoiada em seu cabo de vassoura, enquanto Gail segurava a alça móvel do carregador, com Ned lá dentro. Pararam na margem de cascalho perto da piscina.

— Vou fazer uma fogueira pra gente primeiro. Pra quando a gente sair molhada. Fica aí descansando até eu conseguir fazer o fogo, ouviu, Florzinha? E aí a gente vai cuidar de você direitinho.

— Tá.

— Eu vou colocar o Ned aqui.

— Tá.

A água era da cor que Ree escolheria para a joia de um anel que fosse bastante significativo. Ela se apoiou no cabo de vassoura, a ponta afundando no cascalho, ainda aérea por causa do remédio, olhando para a piscina natural de água azul cristalina. No ponto onde o riacho saía da piscina a água era tão clara que ela conseguia ver pedras no fundo, agrupamentos verdes que balançavam, peixinhos diminutos e nervosos que enfrentavam a corrente.

Sentou-se no cascalho perto de Ned e ficou olhando. Havia uma concha de metal presa a uma corda pendurada em uma árvore perto da nascente, uma concha que os antigos ainda usavam para beber da água mais fresca. Na escola, as professoras falavam para não fazer mais isso, que coisas tinham vazado para dentro da terra e talvez estragado até os lençóis d'água mais profundos, mas muita gente antiga ainda vinha, se agachava e bebia com a concha. A piscina exalava um cheiro delicioso e abençoado a que as pessoas muitas vezes não conseguiam resistir, alguma coisa em seus ossos e sua carne fazia com que se inclinassem, bebessem e pulassem na água.

A chama demorou a pegar, mas Gail foi alimentando a primeira centelha com gravetos e calmamente conseguiu erguer um bom círculo de fogo. A fumaça se inclinava com a brisa e ia sumindo na direção do riacho, um pouco acima da água. O fogo emitia calor no raio de uns dois braços abertos e Ned foi colocado onde ficaria a mão mais distante.

– De pé, Florzinha – disse Gail. – Hora de ficar pelada.

– Tem gente que pode aparecer aqui hoje também, sabia?

– Bom, eu espero que não, senão vão ver nós duas peladas.

Ree ficou de pé e deixou cair o casaco da Vó no cascalho, começou a desabotoar as roupas e disse:

— Eu nem lembro a última vez que eu nadei pelada.

— Aposto que a última vez foi naquele lago na montanha atrás da casa do Sr. Seiberling. Aquele lugar era bom demais pra nadar, antes de ele começar a criar gado e ficar cheio de bosta de vaca.

— Isso. Foi dessa vez.

Gail tirou toda a roupa rapidamente, depois se agachou para desamarrar os cadarços de Ree, tirou-lhe as botas e colocou-as perto do fogo. Ree ficou nua ao vento, olhando para cima, para as escarpas altas e austeras. Seus inúmeros hematomas estavam mudando de cor a cada hora que passava, e doía só de olhar para eles. Gail pegou sua mão e as duas entraram em Bucket Spring, andaram até ficar com a água gelada batendo nas coxas, tremendo e batendo os dentes, olhando uma para a outra com os olhos arregalados até começarem a rir. Gail liderava, puxando Ree para a parte azul mais profunda, os pés escorregando no cascalho, as pernas ficando dormentes até os quadris. Agachou-se, deixou a água subir até o pescoço e disse:

— Senta.

— Eu já nem consigo sentir as minhas pernas.

— Senta. Senta de uma vez pro choque sumir rápido.

Ree deixou-se cair no poço, sentou de pernas cruzadas no fundo de pedrinhas. Baixou o rosto até a água e segurou a respiração, deixando o frio envolver seus traços inchados e pontos doloridos. O frio a atingiu feito uma ventania. Quando levantou o rosto, disse:

— Caramba! Faz a dor ir embora num segundo!

— Não é? Agora sai e se aquece um pouco. E aí a gente faz de novo.

Saíram do poço esfregando a pele. Os tons rosados na pele de ambas tinham ficado vermelhos, enquanto os brancos ficaram rosados, e anéis de cabelo encharcados colavam em seus pescoços. Agacharam-se perto do fogo, colocaram os casacos feito capas sobre os ombros, inclinaram-se para o calor e ficaram observando as chamas crepitando.

— Eu vou pra casa — disse Gail.

— Pra casa?

— É. Voltar pra casa do Floyd.

— Vai? Voltar? Por quê?

— O Ned vai precisar mais do que só eu nessa vida, Ree. Você mesma já devia saber dessas coisas. E além disso você já tem todos esses problemas e eu não quero ficar no meio deles, não com o meu filho no meio.

— Acho que eles não vão vir mais atrás de mim.

— Você não tem como saber com certeza. Eu e o Ned precisamos ir pra casa.

Ree deixou cair o casaco da Vó e o jogou sobre sua pilha de roupas. Caminhou encurvada até o poço d'água e caiu com tudo. Segurou a respiração embaixo d'água, abriu o olho e viu de um jeito embaçado as pedras polidas por eras de água e ouviu o murmúrio da nascente em seus ouvidos, o murmurar e o chape da água correndo eternamente. Quando ficou em pé, a brisa instantaneamente deixou gelada sua cabeça encharcada e ela pulou da água e foi para perto do fogo.

– Você já tá até se mexendo melhor – disse Gail.

– Até esqueci onde dói.

– A gente pode até se vestir.

– Você ama ele de verdade, essas coisas?

– Eu não sei. Eu não ouço música toda vez que ouço o nome dele. Nada do tipo. Mas eu amo o Ned. Eu amo o Ned demais, demais.

Já vestida, Ree apoiou o cabo de vassoura no chão, mas mal precisou se apoiar nele. Usou o cabo para estabilizar o passo, sentou-se no assento comprido da caminhonete e engoliu um comprimido amarelo e outro azul. Gail dirigiu em silêncio até passar pelo cume do morro, saindo do vale, voltando pela estrada plana que passava pela floresta do governo. Os urubus tinham se reunido para bicar algo peludo amassado na estrada mais à frente, mas levantaram voo alarmados e desajeitados quando a caminhonete se aproximou.

– Você não gostou? Você vai me dizer que não gostou? – disse Ree.

– Gostei. Gostei, mas não o suficiente.

Aquela frente fúnebre que vinha do noroeste tinha infiltrado uma cor cinza em grande parte do céu. O vento bufante fazia a floresta dançar, e o chicotear de galhos batendo uniu-se ao sussurrar das folhas. O caminho de volta parecia três vezes mais demorado. Um caminhão lento e barulhento que carregava madeira forçou Gail a esperar no ponto onde a estradinha de terra cortava o asfalto. Havia bandeirolas vermelhas amarradas nas extremidades das toras e uma fumaça fedorenta saía do escapamento.

– Acha que o Floyd e o pai dele iam querer comprar a nossa madeira? Hein? – perguntou Ree. – Como a gente vai precisar vender, prefiro que seja pra vocês.

– Sério? Você tá falando sério?

Elas atravessaram o asfalto até a estradinha que levava para casa e Ree se obrigou a olhar pela janela para o outro lado.

– Se eu precisar vender aquelas madeiras, Florzinha, quero que seja pra você e pra sua família.

---------◆---------

Dois comprimidos diferentes, uma tarde inteira na cama, noite adentro também. O céu estava negro e sibilante, as janelas tremendo com o horizonte ao longe, mas Ree continuava deitada, imune ao mau tempo. Os meninos voltaram para casa mais cedo, dizendo "Mais dias com neve!", mas Ree só grunhiu em resposta. Os comprimidos amarelos também tinham lá suas qualidades. Era como se os amarelos afastassem bem a dor e ainda assim deixassem a mente ligada, acesa, mas os azuis a deixavam numa escuridão calma em que o tempo era recortado em pedaços sem que precisasse nunca ser vivido. Às vezes, Ree queria ficar alerta. Tem coisas que ficam dançando lá dentro quando a mente está acesa, nem sempre aquelas memórias específicas e dançantes que a gente tenta lembrar com pensamentos específicos, mas mesmo as coisas dançantes que a gente não convida acabam intrigando ou pelo menos deixando um monte de sentimentos confusos para trás. A brancura se acumulava sobre o peitoril da janela, flocos de neve dançavam, caíam e mergulhavam por trás dos vidros, e ela esticou a mão até o chão ao lado da cama, sacudiu o frasco para tirar outro comprimido azul e deitou à espera da escuridão.

A escuridão se abriu só o suficiente para que uma mão penetrasse e a sacudisse pelo ombro algumas vezes, a pusesse de pé vestida em sua camisola de flanela e meias até o joelho e a envolvesse no casaco da Vó. O sonho não amarrou seus cadarços: virou um passeio de picape, um passeio de picape que atravessava um túnel branco noite afora, com rajadas brancas respingando no vidro da frente e se acumulando embaixo dos limpadores de para-brisa. Mesmo através do véu do sono ela conseguia sentir o cheiro do Tio Teardrop. O cheiro e os sons dele estavam ali, bem ali, mas ela estava raciocinando tão lentamente que não acreditou que pudesse estar acordada, até que ele tocou a perna dela e a unha dele arranhou um lugar que estava machucado. A dor atravessou o efeito dos analgésicos e ela viu seu rosto, a garrafa de uísque presa entre suas coxas, o FG 42 e a escopeta de cano curto deslizando no assento rachado entre ele e ela.

– Então vamos, menina. Foda-se essa coisa de esperar. Vamos lá cutucar eles um pouco onde eles moram pra ver o que acontece – disse ele.

Talvez ela tivesse dito alguma coisa ou talvez não, não tinha certeza, mas ele continuava olhando para ela, e os olhos dele eram buracos queimados num rosto incandescente. Ele fez um movimento afirmativo de cabeça, e então ela supôs que tivesse dito alguma coisa, que ela havia concordado com alguma coisa e não conseguia se lembrar com o quê, e isso a deixava confusa, até que algumas possibilidades surgiram como pensamentos e ela ficou com medo. Encolheu-se de repente e ficou mais ereta no banco. Desceu o vidro da janela e pôs a cabeça lenta contra o vento frio. Os lugares passavam rápidos e brancos e desapareciam. Ela ergueu o vidro, encarou o tio e perguntou:

– O que foi que eu disse agora mesmo?

– Hã?

– Eu acabei de concordar com alguma coisa? Algo assim?

– Rá, rá, rá, mocinha. Não tenta dar uma de espertinha pra cima de mim. A gente já tá chegando.

Ela levou um susto ao perceber que podia enxergar novamente com os dois olhos. O outro olho permitia só uma brecha de visão, mas isso já ajudava bastante a deixar tudo mais estável. Não havia muito para se ver além da imensidão branca, a neve alva e o ruído da brancura no chão. Nos cruzamentos ela prestava atenção para tentar ver pistas de onde ele a estava levando. As luzes das casas e dos quintais tinham um brilho borrado e turvo. Quando a picape derrapou de leve ao subir numa ponte e os pneus passaram sobre as ranhuras na superfície, ela viu a água lá embaixo. A água

devorava os flocos quando eles caíam e era visível feito um pescoço negro entre dois ombros alvos, e ela reconheceu aquela nascente de água na hora: tinham acabado de atravessar o riacho Big Chinkapin.
— Ah, não. Tem certeza de que é uma boa ideia? — disse ela.
— Só tenho essa.
— Você tá indo pra casa do Buster Leroy, não tá?
— Eu já te disse que tô.
— Eu não ouvi quando você disse antes.
— Agora ouviu — disse ele. Empurrou a garrafa de uísque na direção dela, para as mãos dela. — Dá uma cheirada e bebe um pouco, menina. Eu tô há dias só à base de *crank*, sem comer praticamente porra nenhuma, e tô cansado de ficar esperando alguma merda acontecer.

Ela sentiu a queimação na garganta e no peito, recolocou a tampa de rosca e pôs a garrafa no assento. Ele dirigia como se a estrada tivesse três pistas e mesmo assim ainda não tivesse espaço suficiente, rápido, de um lado para o outro. A garrafa rolou até encostar no quadril de Ree e ela tomou outro gole quando chegaram no topo de um morro grande, um morro alto do qual ela achou que eles pudessem sair voando. Ela fechou os olhos e sentiu a picape balançando, os pneus escorregando, os freios oscilando, a marcha rangendo e a risada do Tio Teardrop. Fechou os olhos e se deixou levar pelo uísque e pelos remédios, forçou-se num sono leve que logo ficou pesado, e quando seus olhos se abriram novamente ela viu uma fazenda e um cachorro pulando perto da janela onde seu rosto descansava, com os dentes arreganhados e a boca espumando, a poucos centímetros de distância.

Teardrop estava sobre os degraus da varanda grande de uma casa de pedra, e as luzes da varanda eram fortes. Flocos de neve dançavam para todos os lados. O cachorro voltou correndo e rosnando para a varanda e Teardrop deu-lhe um chute que o fez voar sobre os arbustos e parar na neve, então o bicho voltou para pular perto do rosto de Ree e rosnar. Alguém usando camiseta vermelha estava na porta, segurando uma pistola sem apontar para Tio Teardrop, mas gesticulando com ela, para cima e para baixo. Ela imaginou que fosse Buster Leroy. Imaginou... Ouviu os pneus da picape esmagando neve, mas não abriu os olhos, não quis abrir quando ouviu uma buzina, um vira-lata latindo, uma risada horrível, não abriu até o movimento parar e as vozes ficarem mais perto e ver duas mulheres e um homem de pé perto dos faróis, conversando com Teardrop. Flocos de neve atravessavam mergulhando os feixes de luz dos faróis, agora soprando de lado junto com flocos menores que tinham o som daqueles insetos de verão que se chocam contra o para-brisa.

O homem riu e fez gestos pomposos à luz. As duas mulheres cobriram o penteado com o capuz das jaquetas e ficaram mais juntas. Aquilo era o estacionamento de um posto de gasolina, aquele que ficava na BB Highway e na Heaney Cross Road e que também tinha um mercado e uma casa de penhores. Ree começou a adormecer, mas então alguém bateu na janela e ela baixou o vidro. As duas mulheres tinham vindo ver seu rosto, e ela conhecia a que estava mais perto, Kitty Thurtell, que tinha nascido Langan, magrinha e uma cantora maravilhosa no estilo das montanhas.

– Ah, menina, coitadinha de você – disse Kitty. – Essazinhas lá de Hawkfall te enfiaram mesmo o sarrafo, hein?

– É bem como tô me sentindo.

– E é o que parece daqui, também.

A outra moça agachou para ver melhor dentro da cabine da picape e Ree viu que ela era uma Dolly, Jean Dolly, de Bawbee. Jean baixou seus óculos grossos que embaçavam e ficou olhando para a lateral desfigurada do rosto de Ree e seu lábio inchado, a cabeça balançando de um lado para o outro enquanto se inclinava, e então ergueu-se e disse:

– Eu mesma tive uma briga feia uma vez com aquelas vacas gordas. Partiram pra cima de mim e me deixaram toda roxa do jeito que deixaram ela.

Kitty agarrou Jean pelo braço, sacudiu e disse:

– Vê se não sai por aí dizendo isso em voz alta, ouviu bem?

– Mas é preciso dizer em voz alta.

– Melhor tomar cuidado onde você fala, querida.

– Eu falo a verdade onde eu bem entender.

– Quando é sobre elas, melhor falar baixo.

As mulheres evitaram o vento e voltaram de costas para o posto de gasolina. Ree fechou a janela, encostou o rosto no vidro gelado e logo adormeceu de novo. Aconchegou-se numa escuridão que era incompleta por causa das linhas pálidas de consciência que se agitavam dentro do escuro. Quando abriu os olhos, fazia parte de uma espécie de nuvem, uma nuvem espessa e cansada que havia se apoiado no chão. As janelas estavam embaçadas e cobertas de geada, havia uma névoa baixa do lado de fora. Através da geada e da névoa dava para ver luzes verdes e vermelhas, e ela raspou o gelo com a unha para enxergar e viu uma placa anunciando cerveja em cima da entrada de um lugar feito de concreto, uma taberna sem pintura, sem janelas e sem nome, a não ser a placa da cerveja. Ree sabia que era o bar de Ronnie Vaughn, e que sem dúvida o lugar tinha nome, mas não conseguia lembrar qual era. Cinco ou seis veículos estavam estacionados ao lado da picape.

Ela tremia e seu nariz escorria, então esticou a mão para a garrafa de uísque. Bebeu e arrotou, depois abriu a porta e saiu para o mau tempo murmurante e trêmulo. Ajustou o casaco da Vó sobre a camisola de flanela e foi arrastando as botas desamarradas até a taberna. Quando entrou, uns oito ou dez homens com ar exausto olharam em sua direção. Aquele tipo de música caipira e que ela não suportava zurrava de uma *jukebox* muito alta e duas mulheres desarrumadas, distantes uma da outra, dançavam com botas de cano longo. Teardrop, no fim do balcão, levantou os olhos, viu Ree e apontou para ela. Disse ao dono do bar:

– Olha ela ali.
– Ela não parece tão mal assim, cara.

– Se você visse o resto dela, não ia achar isso.

Ree ficou ali parada, dopada, sonolenta feito uma criança, o casaco da Vó aberto, revelando sua camisolinha de flanela e as canelas cheias de hematomas.

– Você não devia deixar essa menina entrar aqui, Teardrop. Senão não vai passar nem cinco minutos e um desses manés aí vai começar a se engraçar pra cima dela e...

O local aquecido com ar velho e abafado fez Ree desfalecer. Era como se o ar ali tivesse sido respirado inúmeras vezes antes até ficar inutilizado e fedido das bocas daqueles bêbados que fumavam sem parar. Ela tentou se sentar numa cadeira de plástico, mas se sentiu sufocada pelo lugar, pelos odores, pelas luzes, por aquela música, então deu meia-volta e voltou para o lado de fora. O vento fez sua pele arder e ela entrou na picape, apoiou-se contra a janela, fechou os olhos.

Logo ouviu o motor da picape dando a partida e a voz de Teardrop:

– Eita, menina, mesmo toda arrebentada eu podia ter te casado fácil com uns três camaradas ali dentro. Interessada?

– Acho que eu vou vomitar.

– Foi o que eu disse pra eles que você diria.

– Cara... eu vou vomitar.

Teardrop dirigiu para a estrada invisível sob a neve que se acumulava, encorajando a picape a ir numa velocidade decente. Olhou de soslaio para ela e disse:

– Vomita pra fora da porra da janela então. Se conseguir, pelo menos.

Ela enfiou a cabeça no frio e tentou dirigir a papa quente de comida antiga na direção da neve na beira da estrada. Mas o vento fez a papa voltar para a lateral da picape e esguichos de vômito misturaram-se à sujeira do para-lama. Deixou a cabeça para fora da janela até não conseguir mais sentir as bochechas e a água que saía de seus olhos engrossar em seus cílios. Voltou para dentro, ergueu o vidro, encostou a cabeça e fechou os olhos.

– Não tô procurando marido – disse.

Teardrop de repente freou e foi deslizando a picape até parar no meio da estrada coberta de neve. Ficou olhando pelo retrovisor enquanto seus polegares batucavam num ritmo alegre no volante. Ficou batendo com os polegares, olhando pelo retrovisor para as luzes da placa de cerveja lá atrás, até que finalmente disse:

– Acho que eu não gostei do jeito que ele falou uma coisa.

Teardrop colocou a picape em marcha a ré e ela gemeu quando ele meteu o pé no acelerador. Tentou seguir as marcas de seus próprios pneus na neve, mas acabou serpenteando pela estrada. Estava indo meio rápido para virar na taberna, então simplesmente parou onde estava e saiu, deixando a porta escancarada. Tirou um machado da caçamba e atravessou uma borda de neve até a fileira de veículos estacionados. Estavam todos meio ocultos pela neve, então ele foi andando pela fileira, passou por duas picapes e um carro até chegar num sedã grande. Limpou o vidro e olhou lá dentro, mas ficou em dúvida. Então ele se debruçou no capô e tirou a neve com os braços, foi tirando até o vidro da frente ficar limpo o suficiente. Afastou-se um pouco, observou a grade na frente do motor e o ornamento da marca sobre o capô, e então ergueu o machado e fez um buraco no para-brisa. A neve se embrenhou para dentro do buraco junto com o vidro quebrado. Golpeou o para-brisa mais uma vez para acelerar a queda da neve, voltou para a picape como se nada tivesse acontecido, jogou o machado com um barulho seco na caçamba. Sentou atrás do volante e disse:

– Cheio de si. Falou meio cheio de si.

Ree viu a porta da taberna abrir e um, dois, três homens saírem para a neve, observando enquanto Teardrop ia embora. Pensou que talvez eles fossem atirar com balas de caça ou algo assim na direção da picape de Teardrop, mas aqueles homens não fizeram nenhum gesto, não gritaram nada que não quisessem que os outros ouvissem. Ela ficou virada para trás, observando os homens até eles sumirem de vista. Voltou-se para frente, abriu a garrafa e tomou um gole pequeno.

– A gente pode ir pra casa? Tá frio demais aqui fora, caramba.

– Aquele remédio meu que a Victoria te deu era o que eu costumava usar pra dormir sempre que eu ficava ligadão demais durante tempo demais, como agora.

– Eu não trouxe nenhum.

– Sem tomar nada, eu não consigo dormir quando tô ligado desse jeito. Uísque também funciona, mas é mais devagar.

– Sobraram alguns lá em casa, cara.

A nevasca tinha quase cessado, mas o vento forte continuava. Em dez minutos de viagem, passaram por três veículos, e Ree avistou as luzes amarelas de um trator de tirar neve trabalhando na estrada principal lá longe, no vale. Teardrop abandonou as estradas conhecidas e foi pegando estradinhas cheias de árvores que Ree nunca tinha visto antes, patinando os pneus nas elevações e deslizando nas curvas. Deixavam as primeiras marcas de pneu em tudo. Finalmente ele virou num espaço branco e plano entre colunas de pedra inclinadas, passou um pouco das colunas e estacionou. Era um cemitério de família abandonado, nos fundos da fazenda de alguém, e as lápides cobertas de neve ficaram iluminadas pelos faróis altos.

— Todo mundo tem seus lugares favoritos — disse Teardrop.

As lápides eram do tipo antigo, que com o tempo adquiriam um tom verde acinzentado e muitas vezes rachavam com o frio. Estavam rachadas em ângulos agudos ou então haviam se desfeito em cacos dispersos pelas décadas. Havia mais lápides caídas do que intactas. Ree saiu da picape para seguir as pegadas de Teardrop por entre as sepulturas. Todos aqueles anos não haviam apagado os nomes naquelas lápides, e o nome Dolly aparecia em letras grandes em tantas que Ree ficou arrepiada.

— Que diabo de lugar é esse?

Teardrop mudava rápido de direção, pisoteando a neve, primeiro por aqui, depois por ali, e ela ia atrás, embriagada em suas botas frouxas. Ele parou, colocou uma mão na orelha e disse:

– Aqui é onde... Eu não devia dizer que lugar é esse.
– O que a gente tá fazendo?
– Procurando covas reviradas – disse ele. Varreu o cemitério com o olhar, a respiração saindo forte da boca e voando na direção das árvores. Agachou ao lado de uma lápide, levou um fósforo aceso a um cigarro e soprou a fumaça na direção do nome mais próximo. Deu batidinhas na pedra, deslizou os dedos sobre as letras e disse:
– É um lugar velho, solitário... O que faz dele um lugar favorito.
– Você tá dizendo que...
– Já tá feito, menina.
Ela cambaleou para trás, observando enquanto os dedos dele ternamente delineavam as letras na lápide. Ela se virou e sentiu uma vontade absurda de correr, correr até a picape ou mais longe, mas as botas frouxas saíram de seus pés. Teve de se acalmar, só com as meias até o joelho, molhadas, e procurar as botas na neve. Carregou as botas para a picape, entrou na cabine, pôs as botas bem apertadas nos pés, com laços bem amarrados. Ficou sentada ereta e imóvel, ergueu a garrafa de uísque, bebeu.
Quando Teardrop se sentou ao seu lado, disse:
– Esta não é uma boa noite. A neve.
– Arrã. Tá cobrindo tudo.
Ele saiu do cemitério e começou a voltar pelo caminho que fizeram. O caminho estava encrespado por montinhos de gelo e galhos quebrados. A neve tinha parado e metade

do céu estava da cor da água de uma fonte, com a mesma limpidez. Ree olhou para as estrelas que brilhavam, tão simples e cintilantes, e ficou pensando no que podiam significar, se tinham o mesmo significado das pedras na água de uma nascente.

– Se a gente atolar, você consegue empurrar?
– Não vou ajudar muito.
– Mas você pode ficar no volante se eu empurrar.
– Cara, eu nunca tive um carro.
– Eu não tô muito a fim de empurrar mesmo.

Chegaram à estrada principal no vale, e Teardrop se mantinha bem atrás de um trator de tirar neve. O veículo tinha luzes amarelas fortes e a pá soltava seu urro de dragão ao raspar a estrada. A neve era uma fúria branca jogada pela pá que fazia um turbilhão em nevoeiro que se chocava contra o solo e se esparramava. Teardrop ligou os limpadores de para-brisa e começou a diminuir a velocidade para ficar longe do trator. Suas pálpebras estavam pesadas, ficavam oscilando, abriam de repente, oscilavam de novo. Quando oscilavam, a picape ia para o meio da estrada. O trator estava ficando cada vez mais distante e seus olhos estavam quase fechados quando luzes que giravam começaram a piscar sobre uma picape lá atrás. Teardrop olhou rápido pelo retrovisor, mas não parou. Uma sirene tocou brevemente e ele foi para o acostamento, baixou o vidro e desligou os limpadores de para-brisa.

Ree esticou o pescoço para olhar pelo vidro de trás. As luzes que piscavam a deixaram tonta e a luz dos faróis penetrou com força dentro da picape. Protegeu os olhos com a mão e tentou enxergar. Era Baskin, usando o casaco verde de xerife e o chapéu cinza da polícia. Foi se aproximando pelo lado de Teardrop, mas parou a uma distância de vários metros, dizendo:

– Desliga o motor.

– Acho melhor não.

– Desliga e sai com as mãos pra cima.

Teardrop ficou com a cabeça pra frente, mas moveu os olhos para observar Baskin pelo espelho lateral. Sua mão direita foi lentamente na direção do rifle.

– Não. Hoje eu não vou fazer porra nenhuma que você mandar.

Ree viu a mão de Teardrop se fechando ao redor do rifle e sentiu como se de repente estivesse suando por dentro, e seu interior suado subiu-lhe até a garganta. Viu Baskin colocar a mão no coldre da arma e ficar mais perto da traseira da picape. Ree olhou para a escopeta curta no assento entre ela e o tio e estremeceu.

No clarão das luzes e cores que giravam, Baskin era praticamente um vulto usando um chapéu de abas largas.

– Sai, Teardrop. Sai agora! – insistiu.

– Pra quem você contou do Jessup, hein? Seu filho da puta. Pra quem? – disse Teardrop.

Durante vários segundos Baskin ficou parado em silêncio, sua postura começando a ceder, e então ele respirou fundo e tirou a pistola do coldre.

Ree deslizou os dedos na direção da escopeta, pensando: "Foi assim que as coisas imprevistas que duraram para sempre aconteceram...".

– Eu te dei... Isso é uma ordem da polícia. Eu te dei uma ordem como polícia.

Um som parecido com uma risada rascante saiu de Teardrop, e ele puxou o rifle para o colo, dobrou o dedo no gatilho. Parecia ter visto os olhos de Baskin pelo retrovisor. Ficou olhando com atenção pelo espelho, batendo a unha sem parar na coronha de metal dobrada do rifle, *tique, tique, tique,* e então disse:

– Essa vai ser a nossa hora?

Teardrop tirou o pé do freio, calmamente deslizou a picape para a estrada limpa e começou a dirigir para casa. Ree ficou olhando para Baskin, que ficou parado lá atrás, sozinho na estrada, com a pistola na mão, o braço caído ao lado do corpo; depois, ele se agachou num joelho só sobre a neve mais fina, debaixo do vento forte, olhando para baixo, e o vento tirou seu chapéu, mas ele conseguiu agarrá-lo antes que saísse voando.

———————◆———————

Os meninos nunca conheceram a Mãe quando ela ainda tinha todos os pensamentos no lugar e estava inteira, com olhos escuros e brilhantes e riso fácil. Na época deles, a Mãe raramente ia além da cozinha e nunca dançava. De manhã, Ree pôs um arreio na ressaca e foi chicoteando seu mau humor para realizar as tarefas tristes daquele dia inquieto, e durante mais de uma hora ficou agachada no armário grande do corredor, tirando caixas empoeiradas e desgastadas de fragmentos esquecidos da família, jogando tudo fora, até se que deparou com um envelope amarelo com fotos. Espalhou as fotos no chão e os meninos debruçaram-se sobre elas, erguendo uma de cada vez para vê-las mais de perto, e depois largando aquela antiga versão da Mãe para ver a seguinte. A Mãe em preto e branco, usando uma saia listrada que rodava enquanto ela girava nos braços do Pai, sentada no colo dele ao lado de uma mesa transbordando garrafas de cerveja e bitucas de cigarro amassadas, girando na ponta dos pés no chão da cozinha e erguendo um copinho com um trago de bebida acima da cabeça. A Mãe em cores, usando uma coroa de flores retorcidas em um dos casamentos do Tio Jack, de pé na varanda, arrumada para sair à noite, linda num vestido vermelho, num vestido azul, num vestido verde, num casaco preto e brilhante feito sapatos de verniz. Estava sempre com os lábios pintados numa cor bonita, sempre sorrindo.

– Ela era tão diferente – disse Ree.
– Bonita. Ela era tão bonita – disse Harold.
– Ela ainda é bonita.
– Não como antes.
– E esses caras com ela são todos o Pai.
– Ah, é? É ele? O Pai tinha cabelo assim? – perguntou Sonny.
– Tinha. Caiu quase tudo quando ele foi embora. Você não lembra.
– Não. Não lembro dele com muito cabelo.

A tarefa triste e arrastada do dia era começar a separar as coisas da casa, revirar armários e sondar cantos, levar caixas e sacolas esquecidas para a luz e decidir quais coisas velhas ficariam e quais iam queimar no quintal como lixo. Os Bromonts moraram naquela casa durante quase um século e algumas das caixas velhas nos cantos de mais difícil acesso tinham se desmanchado de tão podres, em pilhas não muito desarrumadas. Muitos dos papéis se desfaziam em pó nos dedos de Ree quando ela os desdobrava para ler. Havia uma caixa de joias de veludo roxo que ratos tinham deixado puída, e ela abriu e encontrou lá dentro uma coleção de bolinhas de gude, um dedal e um cartão de Dia dos Namorados recebido pela Tia Bernadette na terceira série, com palavras de amor escritas em giz de cera numa letra grande. Achou sapatos sem sola ainda enrugados pelos pés de parentes mortos muitos anos antes de ela nascer. Uma faca grande e enegrecida, com a lâmina torta. Uma tigela branca e delicada com projéteis velhos de papelão para espingarda e um monte de chaves para fechaduras que ela nem conseguia imaginar quais fossem. Chapéus de palha com as abas já se soltando.

— Levem isso pro barril de lixo e comecem a fazer uma fogueira. E aí voltem pra cá que tem mais coisa.

Debaixo dos degraus ela achou várias ferramentas velhas, lâminas de machado, de serrote, hastes de sovelas e martelos, potes cobertos por teias de aranha cheios de pregos antigos, com laterais planas e cabeças quadradas, arruelas de metal, brocas tortas. Livros de escola com o nome da Mãe escrito a lápis do lado de dentro da capa. Um penico de porcelana rachado em volta da beirada e da base. Uma tampa de lancheira enferrujada que dizia *Howdy Doody!* e tinha o nome "Jack" pintado em letra cursiva, com esmalte de unha vermelho.

A Mãe estava sentada em sua cadeira e Ree perguntou:

— O que você tem que ainda serve?

— Estes sapatos aqui servem.

— No seu armário, eu quis dizer.

— Tem coisa lá que nunca serviu.

O armário da Mãe era uma grande desordem composta por suas próprias roupas e também relíquias herdadas da Vó e da Bernadette. A Mãe e a Vó tinham essa ideia de guardar tudo que algum dia tivesse a remota possibilidade de ser usado por alguém na família ou talvez ter algum uso desconhecido no futuro. A Vó tinha ficado gorda e desleixada no fim da vida e ficou assim durante um bom tempo, Bernadette era baixinha e estreita, a Mãe era alta e delgada. Não havia muito que servisse em uma que fosse servir na outra, mas mesmo assim o armário foi acumulando roupas quem-sabe-um-dia e assim ficou. A maioria das coisas brancas já tinha amarelado há tempos nos cabides. A poeira tinha virado faixas de sujeira nos ombros dos vestidos e das blusas.

Ree chamou os meninos para o quarto da Mãe e os dois correram para perto dela. Os dois tinham feito uma grande fogueira no quintal e estavam gostando de jogar aquele monte de tralha dos Bromonts nela. Um círculo de neve derretida começou a surgir ao redor do barril enferrujado. Pássaros pousaram em fileiras negras sobre os galhos, aconchegando-se acima do fluxo de ar quente. As cinzas passavam voando pela janela e marcavam com pintas acinzentadas a neve.

– Ponham os braços assim que eu vou colocar o lixo neles.

Ela fez uma pausa e ficou perto da janela lateral para observar os meninos colocando as coisas antigas da família no fogo. Vestindo um sobretudo com capuz, Sonya apareceu no quintal do outro lado do riacho e se sentou num banco de pedra sob sua nogueira desfolhada. Estava muito frio e os meninos ficavam se mexendo perto das chamas. Sonya acenou,

Harold viu e acenou de volta. A fumaça saía do barril de lixo e carregava o negrume para o vale. Os meninos seguravam os vestidos por cima do barril até a barra pegar fogo e as chamas começarem a subir até a cintura, o corpete, a gola, e então jogavam tudo no último segundo antes que os dedos se queimassem. Sonya acenou e acenou até que Sonny finalmente viu e acenou de volta. Pedacinhos de tecido pegaram carona no ar com o calor, as bordas ardendo por um breve instante enquanto os últimos fios pegavam fogo, para depois se transformarem em cinzas da cor do céu e desaparecerem no vento.

Vieram junto com a escuridão e com três mãos bateram à porta.

A porta estremecia e o barulho dos punhos batendo enchia a casa. Ree olhou pela janela e viu três mulheres parecidas, peitudas e de rosto gordo, usando casacos compridos de tecido de cores diferentes e galochas de curral. Pegou a espingarda bonita antes de abrir a porta. Enfiou o cano duplo na direção da barriga de Merab, a Sra. Thump, mas não falou nada. A espingarda parecia um relâmpago inquieto em suas mãos e tremia. Nenhuma das irmãs sequer piscou ou deu um passo para trás ou mudou de expressão.

— Vem com a gente, menina. A gente vai resolver o seu problema pra você – disse Merab. Ela mantinha as mãos nos bolsos do casaco. Os cabelos estavam penteados para trás numa onda que subia e que mal cedia ao vento. – Põe essa coisa pra lá. Pensa um pouco, menina.

— Nesse momento o que eu mais quero é fazer um *buraco bem grande* no meio das suas tripas fedorentas.

— Eu sei que quer. Você é uma Dolly. Mas não vai. Você vai baixar essa espingarda e vir comigo e com as minhas irmãs.

— Você acha que eu sou doida? Eu teria que ser doida!

— A gente vai te levar até os ossos do teu pai, menina. A gente sabe onde é o lugar.

As irmãs eram versões menos carrancudas de Merab. Uma tinha uma onda grisalha mais curta puxada para trás, endurecida para cima, e bochechas pintadas no tom de uma rosa envelhecida. A outra tinha uma onda frouxa de cabelo oxigenado que estremecia ao vento e nos dedos vários anéis com muitas voltas. Os rostos eram massudos como pão de aveia, e as duas estavam cada uma de um lado da irmã, com ombros encurvados, botas preparadas para chutar.

E foi a loira quem disse:

— A gente não vai te bater de novo.

— Você me chutou.

— Não no rosto.

— Alguém chutou.

— As coisas ficaram meio fora de controle depois de um tempo.

Merab bateu as mãos juntas e disse:

— Vamos! Vamos logo, está frio! A gente precisa dar um basta nessas coisas horríveis que tão falando da gente por aí.

— Eu não falei nada sobre vocês.

— A gente sabe. Mas todos os outros tão falando.

Ree moveu a espingarda para cima e para baixo. Sua língua passou por entre os espaços abertos coagulados entre os dentes. Ouviu os meninos virem até a porta e ficarem atrás dela.

— Voltem pra dentro de casa. Fiquem escondidos – advertiu Ree. Fez um movimento para frente com a espingarda. – Eu vou levar isso aqui comigo.

— Não, você também não vai levar isso aí. Se você quer os ossos dele, você deixa isso aí e vem com a gente.

Ouviu o arrastar daquela música intrometida na cabeça, a visão começar a ficar torta, mas silenciou o violino com um pensamento insistente e afastou os pés para se equilibrar melhor. Apoiou a espingarda no canto atrás da porta, pegou o casaco da Vó do gancho e desceu os degraus, seguindo à frente das mulheres. As irmãs iam atrás dela feito guardas. O carro era um sedã de quatro portas com pintura gasta e bastante neve e gelo pesando no teto. A irmã mais calada enfiou a mão no bolso e tirou um saco de estopa que sacudiu para abrir melhor e entregou para Ree.

— Você não pode saber pra onde a gente tá te levando. Precisa colocar isso na cabeça. Tá limpo. Vê se não tenta olhar por baixo também.

— Vocês tão tramando atirar em mim?

— Se você parar pra pensar, vai ver que, se a gente quisesse, a gente já tinha atirado.

— Senta no banco de trás com a Tilly – disse Merab.

Tilly era a loira. Ree acomodou-se no banco traseiro e colocou o saco de estopa na cabeça. Tilly esticou o braço para ajustar o saco e ter certeza de que ela não estava enxergando nada. O saco cheirava a sol e aveia velha e arranhava a pele quando o carro passava pelos buracos. O motor do carro era grande e pulava sobre alguns buracos e punia outros com seu grande peso. O saco ficou um pouco mais solto e ela pôde respirar melhor, ver uma fresta de luz. Sentiu o cheiro das irmãs, um fedor recendente de unguento de lanolina, molho de carne, palha e penas molhadas. O carro guinava em alguns pontos e escorregava nas curvas.

– Mas que diabo! Não pisa forte no freio, pisa de leve – disse Merab.

– Eu não quero pisar de leve. Eu não piso de leve.

– Você não pode pisar com tudo na neve.

– Quando for o seu carro, você pisa de leve. Eu dirijo o *meu* carro do *meu* jeito.

– Essas estradas são mais lisas do que você pensa.

– Escuta, quando eu bater o carro, você pode me falar o que quiser. Até lá, fecha o bico.

Ree tentou adivinhar onde estariam. Tudo dependia daquela primeira curva que fizeram a partir do asfalto. Tinha sido perto da escola? Ou antes disso? Para um lado significa que estavam indo para Bawbee, para o outro, o lago Gullett. A não ser que tivessem virado *depois* da escola. Começaram a virar rápido demais para que adivinhasse e ficou completamente perdida entre as várias possibilidades de cruzamento.

– Você pode ir mais rápido? – disse Tilly. – Ainda quero chegar em casa e ver o meu programa.

Dentro do saco, Ree passou a conhecer os aromas de seu próprio cheiro. O som de seus próprios pulmões em ação. A respiração sibilante e os odores que eram ela mesma. Estava bem viva em seus ouvidos e seu cheiro era bom.

– Aquele engraçado?

– Eu nem acho tão engraçado assim.

– Então de qual você tá falando?

– O que você diz que é engraçado. Eu nem acho tão engraçado assim. O que eu gosto é daquele do boneco que mora no porão.

– Você lembrou de trazer gás pra motosserra?

– Tem gás. Eu olhei em casa.

O carro agora dava pulos mais altos por causa dos buracos. Os pneus grunhiam sobre uma superfície irregular, talvez um campo, um pasto de gado, a terra ondulada do leito de um rio. Nos pulos mais altos, Ree e Tilly trombavam uma na outra.

O carro foi diminuindo a velocidade até parar. A voz de Merab:

– Abram o portão.

– Eu coloco o trinco de volta? Ou espero até a gente sair?

– A gente põe quando sair.

Depois do portão, o carro foi indo mais devagar, o que significava que não devia ter muita estrada embaixo dos pneus. Veio um momento de vibração ritmada, os pulos todos semelhantes, e Ree imaginou que estivessem passando meio de lado por uma plantação de milho. Havia também um outro ruído, que podia ser o barulho seco dos pés de milho quebrando.

— Cadê o caminho?
— Ali embaixo daquelas árvores.
— Estaciona lá.

Tilly guiou Ree para fora do carro, segurando um de seus braços e empurrando-a. O ar estava frio, com um pouco de vento, e o saco vibrava. A neve era crocante sob os pés, com uma camada cristalizada e fina por cima. Em algum lugar distante dali um trem se aproximava de um cruzamento e apitou uma advertência. O porta-malas abriu; tiraram coisas lá de dentro. Ree ficou em posição ereta e altiva caso o pior acontecesse e em breve ela tivesse de se apresentar perante o altar do Punho dos Deuses, e deus nenhum gosta de gente fraca.

— Quando eu tirar esse saco da sua cabeça, talvez você saiba onde você tá — disse Merab. — Acho que não tem como você saber, mas se você souber mesmo, você esquece que sabe. Entendeu? Não tenta adivinhar onde fica, e nem volta aqui se você souber. Isso não pode. — O saco foi removido de uma vez e jogado no banco de trás. Tilly levava um machado apoiado no ombro, a outra irmã carregava uma motosserra pequena e Merab estava com uma lanterna pesada que tinha um feixe forte e comprido de luz. — A gente ainda precisa andar um pouco pra chegar lá. Me segue.

Um campo, uma fileira de árvores, um caminhozinho com algumas pegadas de animais que ia se embrenhando cada vez mais fundo na floresta. Uma lua cheia e brilhante e uma paisagem prateada. Merab seguia o feixe de luz e levou o grupo lentamente pelo campo cheio de obstáculos, e então o caminho levemente recurvo subiu num monte com crista pontuda e desceu para um vale. Era um caminho difícil que ia parar numa lagoa congelada, com uma cerca natural de árvores caídas na água ocultando a vista. Os troncos e galhos eram escorregadios e arranhavam canelas, fazendo as mulheres praguejarem e vociferarem, mas logo ficaram para trás, e elas pararam esbaforidas uma atrás da outra, olhando para baixo, para a lagoa endurecida.

Merab disse:

– Ele tá ali, menina. Tá vendo aquele salgueiro maiorzinho? O seu pai tá ali embaixo, preso com uma corda num motor.

No mesmo instante, a lagoa sob a luz prateada, com os salgueiros encurvados e a superfície de gelo opaco, tornou-se uma paisagem lancinante. Tifas e peixinhos que mordiscavam na água rasa, uma sepultura viva para o Pai. A vontade enorme de se ajoelhar na neve perto da lagoa passou num piscar de olhos e Ree foi se movimentando pela margem, indo na direção do salgueiro mais alto. Escorregou na neve, ficou de pé, pôs o pé à frente, escorregou de novo. As irmãs foram atrás dela pela lagoa até o ponto mais próximo do salgueiro.

– Eu fico segurando a lanterna. Você vai precisar do machado pra abrir o gelo.

– E depois?

– Ele não tá fundo. Essa água não é funda.

Ree bateu com o pé no gelo e ele rachou um pouco. Bateu de novo, e de novo, e depois pegou o machado. Ficou sobre o gelo perto do salgueiro, ergueu o machado e depositou tudo o que sentia nos golpes que desferiu naquela lagoa. O som era semelhante ao de marteladas pesarosas, marteladas e grunhidos molhados, e o gelo partia e a água negra respingava.

A lanterna iluminava o ponto onde o gelo estava e a água liberta soçobrava.

– Ele tá bem aí, menina. Quase embaixo dos seus pés.

– Não tô vendo.

– Você precisa enfiar a mão e puxar pra ver. Ele não tá boiando mais, mas também não vai tá mais pesado.

Ree tirou o casaco da Vó e o jogou na direção de Tilly. Ficou de joelhos e chegou perto da beira do gelo até o buraco. Enfiou o braço na lagoa e gritou, gritou por causa do frio, mas mesmo assim mexeu a mão para todos os lados. Logo sentiu a mão mais densa, insensível, imóvel, então tirou o braço e enfiou o outro.

– Enfia direto pra baixo, não pro lado desse jeito.

Sentiu alguma coisa feita de tecido. A luz era parcial, mas o centro do feixe era claro. Ela conhecia aquela camisa. Uma camisa de flanela xadrez verde, com as mangas cortadas na altura do ombro. Roupa de dormir por baixo, com mangas brancas e compridas. A roupa de dormir parecia lama ou musgo ou os dois em sua mão. Ela puxou até que viu uma orelha, e então virou a cabeça e vomitou perto do salgueiro. Não soltou a mão enquanto vomitava.

— Aqui tá a motosserra.
— Quê?
— De que outro jeito você vai pegar as mãos dele? Eles só vão saber que é ele pelas mãos.
— Ah, não. Puta que pariu. Não.
— Anda, pega. Toma.
— Não, não.

A irmã mais calada ficou segurando a lanterna. Merab soltou um suspiro alto, e então subiu na superfície de gelo arrastando a motosserra e se agachou perto de Ree.

— Não pensa que é o seu pai, pensa que é outro sujeito. Ele é só outro cara.
— Não olha pro rosto dele — disse Tilly.
— Jesus, desse jeito a gente vai ficar a noite toda aqui — reclamou Merab. Deu um repuxão na motossera para ligar o motor e se debruçou na direção da camisa. — Segura o braço reto, menina, deixa que eu corto.

A motosserra soltava fumaça e fazia barulho, a fumaça deixava filetes escuros sobre o gelo e a barulheira estridente enchia a noite. Partículas de carne e osso molhado atingiram Ree no rosto e ela fechou os olhos, sentiu respingos nas pálpebras. Quando a serra terminou de cortar, o corpo do Pai mergulhou, escapando dela, mas ela ficou com a mão dele a partir do pulso. Virou rápido e jogou a mão na margem, perto das irmãs.

— Por que você soltou? — perguntou Merab. — Você vai precisar das duas mãos, senão eles com certeza vão dizer que ele cortou uma pra não ir pra prisão. Eles *conhecem* esse truque. Enfia a mão lá dentro de novo, anda, rápido. E cuidado com a pele dele, as impressões digitais. Elas são a prova. O gelo cedeu quando Ree se esticou e ela caiu na lagoa. Sentiu o Pai com as pernas, inclinou-se na água e o ergueu puxando-o pela cabeça. Tocar a pele dele era como tocar ovos em conserva. Encontrou a mão e puxou na direção da motosserra. Seu próprio corpo havia desaparecido, não conseguia senti-lo do pescoço para baixo, e um brilho incandescente surgiu em sua mente. Ela estava numa praia tranquila e distante, onde pássaros da cor de arco-íris cantavam e cocos caíam em abundância sobre a areia quentinha. A fumaça e o barulho chacoalhante e metálico, a outra mão sendo cortada, o caminho de volta para o carro: tudo um borrão. As irmãs despiram as roupas encharcadas de seu corpo e a enfiaram no casaco da Vó.

As mãos do Pai trouxeram tristeza e alegria. Chamaram o xerife Baskin e ele veio buscar as mãos na manhã seguinte. Nuvens suaves se acumulavam no céu. Ree e Baskin se cumprimentaram na varanda e ele ficou olhando para Ree com seu chapelão e os lábios contraídos, meio tortos. As mãos do Pai enchiam o saco usado como venda e a estopa ainda estava úmida.

– Mas como é que você achou isso aí? – perguntou Baskin.

– Alguém jogou na varanda na noite passada.

– Ah, é? E bateram na porta antes?

– Não. Só ouvi jogarem. Levantei e achei na porta.

– Arrã. Vou fingir que acredito nisso, menina, em respeito pelo seu luto e tal. Olha, a verdade é que na maior parte das vezes eu até gostava do Jessup. Ele não era um sujeito de todo ruim. Sabia contar piada, pelo menos. Que Deus o guarde. – Baskin abriu o saco, olhou dentro e torceu a boca do saco para tornar a fechar. Continuou:

– Acho que vou levar essas patas direto pra cidade, pedir pro doutor me falar se são dele mesmo.

– São dele, cara. São as mãos do Pai.

– A gente vai saber mesmo logo, logo – respondeu Baskin. Ele estava com os pés afastados e os dentes mordiscando os lábios ressecados, balançando o saco de estopa. A aba do chapéu obscurecia seus olhos. – Olha, eu não atirei naquela noite porque você tava lá dentro. Ele não me fez desistir.

– A impressão que deu foi que ele fez.

– Não fica dizendo isso pras pessoas por aqui, menina. Não quero saber dessa história se espalhando por aí.

– Eu não falo sobre você, cara. Nunca.

Ele fechou o saco bem apertado, o enrolou num pacotinho compacto e desceu com passos raivosos os degraus da varanda. Sem olhar para trás, disse:

– Às vezes eu fico de saco cheio dessa sua gente, ouviu bem?

Quando os meninos voltaram da escola, ela contou a eles que o Pai nunca mais ia voltar, que estava morto, que eles nunca mais iam vê-lo, pelo menos não naquela vida. Os dois disseram que meio que já sabiam, e Harold perguntou como era o céu.

– Uma praia. Muitos pássaros divertidos. Sempre faz sol, mas nunca é quente demais.

No dia seguinte, ela limpou o galpão com as coisas do Pai. Ancinhos e enxadas encostados num canto. Um saco de pancadas de couro vermelho pendurado com uma corrente numa viga de madeira. A corrente tinha deixado um sulco profundo na viga. Ela chutou o saco. A corrente chacoalhou e ela se lembrou do quanto ficava feliz ao ouvir o Pai bater naquele saco, chacoalhar aquela corrente, fazer o saco pular. No primeiro ano depois que ele voltou da prisão, ele passava horas e horas ali, dia após dia, só socando. Deu o nome de Hagler pro saco e também ensinou Ree a dar socos. O couro deixava os nós nus dos dedos de Ree esfolados, e as luvas de boxe eram tão pesadas que ela tinha que erguer o braço de modo exagerado para dar até mesmo um soco lento. As luvas ainda estavam penduradas pelos cadarços num prego na parede.

Quando os meninos voltaram, ela esperava os dois na porta, segurando as luvas.

– Outra coisa que vocês dois precisam saber é brigar. Posso ensinar pra vocês o que o Pai me ensinou. Tirem as teias de aranha dessas luvas e aí eu amarro elas em vocês.

Os meninos ficaram muito preocupados com aranhas dentro das luvas velhas que pudessem acordar e sentir o doce cheiro do sangue em seus dedos jovens e sair dos cantinhos pra picar. Bateram as luvas na parede, no fogão a lenha, seguraram as luvas de cabeça para baixo e balançaram, enfiaram garfos lá dentro. Ree colocou as luvas nas mãos deles, enrolou os cadarços nos pulsos e amarrou. As mãos dos meninos eram pequenas demais para as luvas, mas ela amarrou bem para que não caíssem. Mostrou a eles a posição básica, pé esquerdo e punho esquerdo à frente, punho direito atrás e erguido perto da orelha.

– Deixem o peso do corpo seguir o soco, é assim que... – ela olhou pela janela e viu Tio Teardrop estacionando no quintal. – Esperem aí um pouco.

Abriu a porta para o tio. Os meninos não aguardaram as instruções seguintes, pularam juntos e começaram a dar golpes um no outro, gingando e deslizando pelo assoalho de madeira, agachando atrás do sofá, das cadeiras, gritando quando atingiam e eram atingidos. Teardrop entrou na casa barulhenta com um semblante cansado, o cabelo oleoso e despenteado, dias de barba por fazer deixando seu rosto azulado, trajando uma calça preta com marcas de lama na barra. Ela tocou seu braço e disse:

– Ei, senta.

Ele ficou observando os meninos com interesse. Eles se debatiam com as luvas pesadas, os dois com manchas vermelhas nos pontos onde haviam levado socos, mas nenhum sangrava. Começaram a ficar cansados bem rápido, dando golpes exagerados a um metro de distância um do outro, bufando.

– Hora da sineta! – disse ela. – Tem que sentar entre os *rounds*.

– Como vão as coisas por aqui? – perguntou Teardrop.

– A Mãe não vai bem – respondeu Ree, fazendo um gesto na direção do quarto escuro da Mãe. – Acho que ela sabe.

– Acho que ela sabe mais do que a gente pensa.

– Mais do que ela quer saber, também.

Os meninos estavam perto da pia da cozinha, tentando pegar copos no armário ainda com as luvas de boxe nas mãos. Suas bochechas estavam vermelhas e Harold fungava. Socaram a torneira para abrir e seguraram os copos com mãos de urso.

– Imagino que você vai precisar de dinheiro. Posso arranjar alguma coisa pra você, moça, te ensinar como ganhar dinheiro por aqui.

– Eu não vou nem chegar perto de *crank*. *Crank* não é pra mim. Ninguém que usa essa merda se recupera depois.

– Mas tem outras coisas pra fazer, se você quiser.

– Meninos, fiquem quietos um pouco. Vou ligar a TV. Sentem ali.

A imagem tremia, com linhas correndo e se distorcendo, mas as palavras do apresentador explicavam o programa, e Teardrop se sentou no sofá para assistir. Os meninos se sentaram numa ponta, bebendo a água ruidosamente, e Teardrop na outra, e eles nem viram tanto e mais ouviram as notícias sobre os acontecimentos importantes em outros cantos dos Ozarks.

O noticiário principal, as notícias do mundo, estava bem no começo quando faróis surgiram na estradinha da entrada. Mike Satterfield estacionou ao lado da picape e atravessou a neve, jogando para trás os cabelos castanhos e compridos. Trazia um saco plástico azul e tinha uma pistola num coldre preso na perna. Ela o deixou entrar sem dizer nada, só com um cumprimento de cabeça. Ele viu Teardrop no sofá e disse:

– Eu te conheço, não conheço?

– Conhece. Você é o Mike, né? Filho do Crick. Eu conheço o Crick desde que comecei a ter barba.

– Foi nessa época que você teve de pedir pra pagarem sua primeira fiança?

– Antes disso, até. Ele às vezes cuidava da fiança do meu pai. Satterfield observou Ree mais atentamente sob a luz fraca.

– Pelo jeito você pagou por isso aqui com sangue, menina – disse ele, entregando a ela o saco azul. – Isso aqui é seu.

O saco estava cheio de notas de dinheiro amassadas.

– Como assim, é meu? – perguntou Ree.

Ele sentou meio de lado para a janela e o pôr do sol, e seus olhos soltaram pequenas faíscas coloridas. A barba em seu queixo era um pouco mais clara que o cabelo, as mãos eram fortes e ele tinha cheiro de cidade. Ree continuou:

– Não é dele?

– Do sujeito sem nome? Ele nunca me falou o nome e, olha, acho que nem dava pra dizer com certeza se o homem tava mesmo consciente de verdade, mas sem dúvida foi uma boa notícia pra vocês todos quando ele pagou essa fiança do Jessup.

Teardrop ficou de pé e foi para fora.

– Mas mesmo assim esse dinheiro não é dele? – insistiu Ree.

– Não tem chance de esse sujeito sem nome voltar pra pegar o dinheiro, não do jeito que as coisas acabaram. A gente já pegou a nossa parte e sobrou isso aí. E o que sobrou é seu.

Os meninos perceberam que algo especial havia acontecido e ficaram de pé perto de Ree, colocando as mãos com luvas de boxe nos ombros dela. Olharam dentro do saco e Harold perguntou:

— Isso quer dizer que você vai embora?

Os passos de Teardrop soaram pesados nas tábuas da varanda.

— Não sei como você conseguiu, menina. Como você foi lá e conseguiu a *prova* e tudo mais. Não tem muita gente que consegue uma coisa dessas. Impressionante.

As palavras não vinham à cabeça de Ree, escapuliam de sua boca, mas ela finalmente conseguiu agarrar algumas e dizer:

— Nasci uma Dolly e vou morrer uma Dolly. Eu te disse.

— Isso quer dizer que você vai embora?

Satterfield inclinou-se para ela, jogou o cabelo para trás, deu-lhe um aperto de mão.

— Escuta, moça, você ainda não tem idade pra contratar advogado, essas coisas, eu sei, mas se você puder sair por aí de carro, ir até a cidade e outros lugares, você podia ajudar a gente. A gente cuida da fiança de quase todos os Dollys desse lado do rio Eleven Point. Quase todo mundo da sua família foi solto pela gente. Você seria de grande valor pra mim.

As sombras estavam compridas no quintal quando Satterfield foi embora. Pássaros se reuniam nas árvores e faziam sua aguda algazarra do começo da noite. Ela ficou parada na varanda, vendo-o partir no carro, e então virou-se para Teardrop. Ele estava com a cor diferente, pálido, completamente branco, com exceção da cicatriz. Estava com as mãos enfiadas bem fundo nos bolsos da jaqueta de couro remendada.

– O que foi? O que houve? – perguntou ela.
– Agora eu sei quem foi.
– Hã?
– Jessup. Eu sei quem foi.

Sem hesitar ou pensar, Ree atirou-se em seus braços e o abraçou forte, sentindo seu cheiro grosseiro, de suor e fumaça, o sangue quente e o espírito que ela mesma tinha. Era como se estivesse abraçando alguém condenado e que já estivesse desaparecendo mesmo enquanto ela apertava os braços ao redor de seu pescoço. As sombras agora cobriam o riacho, o vale, o quintal, a casa. As sombras estavam sobre eles e ela chorou, chorou contra o peito do tio. Chorou, soluçou, chorou, e ele a apertou, apertou, apertou até os ossos de sua coluna estalarem, e depois soltou. Teardrop desceu os degraus de três em três, andou rápido até a picape sem olhar para trás e foi embora.

Ela se sentou no degrau de cima tentando secar os olhos com a manga. Os pássaros tinham muita coisa a dizer à noitinha e falavam todos juntos de uma vez. Ree colocou dois dedos na parte alta do nariz, apertou e jogou um muco amarelo no quintal. Formas salientes de gelo reluzente pendiam do telhado, dispostas feito uma fileira de lanças acima dos degraus. A neve nos degraus tinha ficado achatada pelas botas de inverno e agora estava lisa e dura. Os meninos se sentaram perto dela, cada um de um lado, recostaram a cabeça em seu peito e descansaram as luvas de boxe em seu colo.

– Isso quer dizer que você vai embora? Com aquele dinheiro? – perguntou Harold.

– Eu não vou abandonar vocês, meninos. Por que vocês acham isso?

– A gente ouviu você falando uma vez do exército e de lugares pra onde a gente não podia ir. Você quer deixar a gente?

– Não. Eu ia ficar perdida sem o peso de vocês dois nas minhas costas.

Ficaram sentados em silêncio, a escuridão aumentando, luzes cintilando nas janelas do outro lado do riacho.

– O que a gente vai fazer com todo esse dinheiro, hein? – perguntou Sonny. – Qual vai ser a primeira coisa que a gente vai comprar?

A luz que se esvaía era como manteiga sobre os cumes das montanhas, mas foi lambida pelas sombras e tomada pela nova noite que caía. Os pássaros ficaram em silêncio quando a última luz desapareceu. Ree ficou de pé e se espreguiçou. O crepúsculo diminuía o clarão da neve, mas o gelo pendurado no telhado ainda retinha a luz.

– Um carro.

SOBRE O AUTOR

Daniel Woodrell nasceu na região montanhosa dos Ozarks, no Missouri. Na mesma semana em que completou dezessete anos, abandonou os estudos e se alistou no Corpo de Fuzileiros Navais dos Estados Unidos. Recebeu seu título de bacharel aos vinte e sete anos, formou-se pelo Iowa Writer's Workshop, da University of Iowa, e participou durante um ano da Michener Fellowship, a bolsa de estudos do Michener Center, da University of Austin, no Texas. *Winter's Bone* é seu oitavo romance. Seus cinco últimos romances apareceram na lista de Livros Notáveis do Ano do *New York Times* e, em 1999, sua obra *Tomato Red* ganhou o PEN West Award na categoria ficção. Atualmente, Daniel Woodrell reside nas montanhas Ozarks, perto da fronteira com o Arkansas, com sua esposa, Katie Estill.

1ª edição dezembro de 2011 | **Diagramação** Megaart Design | **Fonte** Goudy Oldstyle 11/17,5 pt
Papel Chamois bukl 80g/m² | **Impressão e acabamento** Imprensa da Fé